弋舟小传

1972年出生于西安，本名邹弋舟，祖籍江苏无锡。中国作协青年创作委员会委员。

大学美术专业毕业后客居兰州近二十年，做过老师、平面设计师，年近而立开始严格意义上的小说创作。连续四届获得甘肃省最高文学奖“黄河文学奖”一等奖，连续四届获得甘肃省委、省政府最高文艺奖“敦煌文艺奖”，两次入选“甘肃小说八骏”。曾担任甘肃省作协副秘书长、兰州市作协副主席，被兰州市委、市政府授予“金城文化名家”。

著有长篇小说《跛足之年》《蝌蚪》《巴格达斜阳》《春秋误》《我们的踟蹰》等多部，小说集《刘晓东》《丙申故事集》《丁酉故事集》等十多部，随笔集《从清晨到日暮》《犹在缸中》《无论那是盛宴还是残局》等，长篇非虚构作品《我在这世上太孤独》等。作品被翻译成多国语言。

历获第三、第四届郁达夫小说奖，首届中华文学基金会茅盾文学新人奖，第二届鲁彦周文学奖，首届“漓江年选”文学奖，第四届《小说选刊》年度大奖，第十六、十七届《小说月报》百花文学奖，第四届《作家》金短篇小说奖，2015年《当代》长篇小说年度五佳，第十一届《十月》文学奖，以及《青年文学》《西部》《飞天》等刊物奖。

2018年短篇小说《出警》获得第七届鲁迅文学奖。同年调至陕西省作家协会，任《延河》杂志副主编。

2019年，入选中宣部全国文化名家暨“四个一批人才”。

LSC

怀雨人

HUAI YU REN

弋舟 著

百年中篇小说名家经典

BAINIAN ZHONGPIAN XIAOSHUO MINGJIA JINGDIAN

总主编 何向阳
本册主编 吴义勤

河南文艺出版社
·郑州·

一种文体
与一百年的民族记忆

何向阳　（丛书总主编）

自20世纪初，确切地说，自1918年4月以鲁迅《狂人日记》为标志的第一部白话小说的诞生伊始，新文学迄今已走过了百年的历史。百年的历史相对于古老的中国而言算不上悠久，但20世纪初到21世纪初这个一百年的文化思想的变化却是翻天覆地的，而记载这翻天覆地之巨变的，文学功莫大焉。作为一个民族的情感、思想、心灵的记录，从小处说起的小说，可能比之任何别的文体，或者其他样式的主观叙述与历史追忆，都更真切真实。将这一百年的经典小说挑选出来,放在一起,或可看到一个民族的心性的发展,而那可能被时间与事件遮盖的深层的民族心灵的密码,在这样一种系统的阅读中,也会清晰地得到揭示。

所需的仍是那份耐心。如鲁迅在近百年前对阿Q的抽丝剥茧,萧红对生死场的深观内视,这样的作家的耐心,成就了我们今天的回顾与判断,使我们——作为这一古老民族的每一个个体,都能找到那个线头,并警觉于我们的某种性格缺陷,同时也不忘我们的辉煌的来路和伟大的祖先。

来路是如此重要,以至小说除了是个人技艺的展示之外,更大一部分是它对社会人众的灵魂的素描,如果没有鲁迅,仍在阿Q精神中生活也不同程度带有阿Q相的我们,可能会失去或推迟认识自己的另一面的机会,当然,如果没有鲁迅之后的一代代作家对人的观察和省思,我们生活其中而不自知的日子也许更少苦恼但终是离麻木更近,是这些作家把先知的写下来给我们看,提示我们这是一种人生,但也还有另一种人生,不一样的,可以去尝试,可以去追寻,这是小说更重要的功能,是文学家个人通过文字传达、建构并最终必然参与到的民族思想再造的部分。

我们从这优秀者中先选取百位。他们的目光是不同的,但都是独特的。一百年,一百位作家,每位作家出版一部代表作品。百人百部百年,是今天的我们对于百年前开始的新文化运动的一份特别的纪念。

而之所以选取中篇小说这样一种文体,也是出于这个原因。

中篇小说,只是一种称谓,其篇幅介于长篇小说和短篇小说之间,长篇的体积更大,短篇好似又不足以支撑,而介于两者之间的中篇小说兼具长篇的社会学容量与短篇的技艺表达,虽然这种文体的命名只是在20世纪的七八十年代才明确出现,但三四十年间发展迅速,其中的优秀作品在不同时期或年份涵盖长、短篇而代表了小说甚至文学的高峰,比如路遥的《人生》、张承志的《北方的河》、莫言的《透明的红萝卜》、韩少功的《爸爸爸》、王安忆的《小鲍庄》、铁凝的《永远有多远》等等,不胜枚举。我曾在一篇言及年度小说的序文中讲到一个观点,小说是留给后来者的"考古学",

它面对的不是土层和古物，但发掘的工作更加艰巨，因为它面对的是一个民族的精神最深层的奥秘，作家这个田野考察者，交给我们的他的个人的报告，不啻是一份份关于民族心灵潜行的记录，而有一天，把这些“报告”收集起来的我们会发现，它是一份长长的报告，在报告的封面上应写着“一个民族的精神考古”。

一百年在人类历史上不过白驹过隙，何况是刚刚挣得名分的中篇小说文体——国际通用的是小说只有长、短篇之分，并无中篇的命名，而新文化运动伊始直至70年代早期，中篇小说的概念一直未得到强化，需要说明的是，这给我们今天的编选带来了困难，所以在新文学的现代部分以及当代部分的前半段，我们选取了篇幅较短篇稍长又不足长篇的小说，譬如鲁迅的《祝福》《孤独者》，它们的篇幅长度虽不及《阿Q正传》，但较之鲁迅自己的其他小说已是长的了。其他的现代时期作家的小说选取同理。所以在编选中我也曾想，命名“中篇小说名家经典”是否足以囊括，或者不如叫作“百年百人百部小说”，但如此称谓又是对短篇小说的掩埋和对长篇小说的漠视，还是点出

"中篇"为好。命名之事,本是予实之名,世间之事,也是先有实后有名,文学亦然。较之它所提供的人性含量而言,对之命名得是否妥帖则已显得不那么重要了。

值此新文化运动一百年之际,向这一百年来通过文学的表达探索民族深层精神的中国作家们致敬。因有你们的记述,这一百年留下的痕迹会有所不同。

感谢河南文艺出版社,感谢编辑们的敬业和坚持。在出版业不免受利益驱动的今天,他们的眼光和气魄有所不同。

2017 年 5 月 29 日　郑州

目录

怀雨

大学的校门有个讲究——无论周边景致如何日新月异，门脸却是越老越好。道理很简单：摆出一张斑驳垂暮、旧照一般的老脸，就有了德高望重的架势。西大的校门也概莫能外。因此，每当我面对西大校门的那张老脸时，不免就会陷入所谓的“回忆”。这也是没办法的事情，就好像口水与骨头，旧照与回忆也是一对儿天然的矛盾，这是本能，是条件反射。最早提出经典性条件反射的巴甫洛夫观察到，较老的狗一看到骨头就淌口水，不必尝到食物的刺激，单是视觉就可以使其产生分泌口水的反应。就是说，老狗们对于刺激的反射已经不简单依赖本能了，上升到了一个更加形而上的层面。在这个意义上，面对西大的老脸追忆往事的我，就是一条无力自控的老狗。不知道老狗们会是一种怎样的心情——除了瞄一眼骨头就会悲惨地口水四溢，是不是还会像人一样，变得耽于幻想？人比较老了，就比较容易浮想联翩吧？当然，这种浮想一定不是那种积极的态势，多少接近于一种痴呆的表现，是身不由己和无能为力。

如今每当我穿过西大的校门，便会虚弱地浮想。

浮想中，潘侯二十年后走进西大校门的时候，这个城市正被春天惯有的黄沙笼罩着。他和我擦肩而过。我没有注意到这就是我那失散多年的兄弟——有两个学生远远地向我打招呼，我迎着他们而去。我和我的学生站在一起说话，他们中的一个突然指着我身后说：

“那个人不会是瞎子吧，他已经两次撞在树上了。”

我的心必然会在一瞬间缩紧，也许只回过头扫了一眼，就泪水盈眶了：那个身高接近两米的壮硕男人正小心地避让着一棵梧桐树。他的腿实在是太长了，即使犹疑着，也是一步就跨到了另一棵树的面前，像是有意要用肩膀去和树干角力，于是咚的一声，他再一次被撞得向后趔趄……

我和潘侯的交往，仔细算一下，不过区区一年多的时间。但直到今天，我仍觉得那段日子长于百年。关于那段日子，那段就像麦当娜在歌中唱到的“感觉自己像个超级骗子，他们说我像个伞兵”的日子，在这里，我只想说说非说不可的。

大三那年，我被系主任叫到办公室去。他指着一位个头奇高、方头大脸的男孩子对我说：

“这是哲学系今年的新生，安排在你们宿舍，你多照顾照顾他。”

我很不理解。首先，不是同一年级的学生安排在同一个宿舍，这好像没有先例，何况我们还不是一个专业的。其次，我不明白为什么要我“照顾照顾”这个比我高出大半个头去的同学。后一个问题系主任似乎给出了答案，他说：

“你是学生会主席嘛。”

我不认为这是一个令人信服的理由。

这时那位新生突然问我：“你从哪里来？”

我吃了一惊，甚至以为是他背后藏着的一个什么人在发问，就像舞台上表演的双簧，而他不过是个做着口型的傀儡。这个提问的语气是儿童化的，但声音却分明是一个青年人的。我不知如何作答，因为我一下子搞不清楚他所指的“哪里”究竟是哪里。

“他是问你老家在什么地方。”一位精干的中年男人不动声色地向我解释。

我想他一定是这位新生的家长了。我对他说我是西安人。那位新生立刻滔滔不绝地说道：

“西安啊，大唐帝国建都的地方，唐高祖李渊公元 618 年开国，公元 627 年太宗李世民，公元 650 年高宗李治，公元 684 年中宗李显又名哲……”

眼前的这位同学两眼瞪得溜圆，垂肩而立，双手背在身后，歪着脑袋对我细数了唐朝近三百年的历代帝王。

我有些恼火，认为这个家伙是在拿我开玩笑。初次见面就这么肆无忌惮地恶作剧，真是让人不可思议。但这种念头很快就打消了。他的表情颇为恳切，丝毫没有捉弄人的戏谑。

这就是我和潘侯第一次见面时的情形。他这个哲学系的给我摆出了一副历史系的架势。那一连串的李姓帝王和以公元纪年的数字，有种蛊惑人心的力量，似乎可以对人进行催眠，像水一样地把我托起来，使我进入一种浮游的状态中去。

系主任把我叫到另一间办公室，给我作了进一步的解释。他告诉了需要我“照顾”的这个人的名字，然后皱着眉头，用一根手指顶住太阳穴说：

“他这里有些问题。”

我也用手指顶住太阳穴，问道：“这里有问题也可以读哲学吗？”

我的言下之意其实是：这里有问题那他读中文好了。因为我自己就是个读中文的。

“其实也不是什么大问题，”看到我模仿他，主任有点不高兴，“不是我们认为的一般意义上的那种问题——他的成绩相当不错，甚至比你入学时的成绩还要好！”

主任有些颠三倒四。他拿我来和这个新生做出让我处于劣势的比较，不仅多此一举，还令我很不满。我顶撞道：

“那应该让他来‘照顾’我嘛。”

“真麻烦！”主任显得有点吃惊，嘴里嘀咕了一声，亮出一张底牌，“实话对你说吧，潘侯的父亲是省上的重要领导，安排好潘侯是组织任务，我们必须配合！”

说出这样的话，主任和我一样，都有片刻的错愕，仿佛不知所云地说了段浑话。

我接受了“组织任务”，重新站在潘侯的面前。这位“公子”的身份令我反感——我们家三代普通工人，我父亲穷其一生，见过的最高领导大概就是他们厂长。我自然会有些抵触这个高大、古怪的家伙。那位精干的中年男人其实是潘侯父亲的秘书，姓王。说他精干，完全是那颗秃头给人带来的观感。他留给我一个电话号码，说有事可以和他联系。潘侯显得很兴奋，王秘书要替他拿行李，被他用胳膊肘挡出好几步去。他自己像拎一捆稻草一样地拎起那捆大大的被褥包裹，迈开步子兴冲冲地就走。

这时候我才真正察觉出他的与众不同：此人健步如飞，却不是向着门，而是迎着一面墙直奔过去。他那硕大的肉身踊跃地与一面墙撞击在一起，我感到整个房间都为之一颤。他却若无其事，向后踉跄几步，拧一下脖子，活动一下肩膀，掉头又情绪饱满地迈开了步子，倒霉的是，不过是将目标换成了另一面墙。

好像是看到了一张通行证，我对这个人的敌意顷刻冰释。我试探着拽住了他的袖子，把他的方向扯到门的位置。这条大汉对我粲然一笑。他长了好一张大脸啊，宽鼻厚唇，真真是面如满月。

我们走在去往宿舍的路上。开学伊始，校园里有股集市般的热闹。许多老生沿路摆起了旧货摊，仿佛迫不及待地要将自己变卖掉，以最快的速度和大学作别。这让潘侯很感兴趣，同时，那遍地的旧货也对他形成了障碍。我需要不时拽一把身边的潘侯，这个人的体积太大，凭空占据了过分的空间，横行霸道，就像是一个专门来踢摊子的。那捆被褥被他扛在了肩上，一路东张西望，走得跌跌绊绊。系主任和王秘书跟在我们身后，我无端地感到自己正行走在一个四列纵队那样可笑的行列里。

到了宿舍后，系主任亲自动手协助王秘书为潘侯收拾床铺。看着这样的两个人忙上忙下，实在是有些滑稽。我冷眼旁观了一阵，突发奇想，把主任拉在一边悄悄问：

“那个怎么办？嗯？他怎么上厕所，也需要我来照顾吗？”

主任看了我足有半分钟，掉头跟王秘书低语了几句，然后回身如释重负地对我说：

“不用，这点没问题，在家专门训练了，多去几趟，认了门就没问题了。”

果然，铺完床王秘书就领着潘侯去认门了。

出于可以想见的好奇，我打问了潘侯的入学成绩，那的确是个令人咋舌的高分。更令人咋舌的是，这位上厕所都需要事先训练的哲学系新生，居然能将圆周率小数点后的一万多位数背出来。后来据说有位数学系的好事者找过潘侯验证，结果就传出了潘侯在十秒钟内运算出72的4次方这样的奇闻。我很同情这位好事者，想必当时他也一定如我一样的眩晕。

我不禁要说服自己，我这是遇到了一个“雨人”。在那部达斯汀·霍夫曼主演的同名影片中，“雨人”被塑造成了一个具有特别意义的专用名词——特指那些具有某种非凡才能但日常生活不能自理的家伙，厉害点的就叫“白痴天才”。谁能想到呢，这样的人物竟会出现在我的大学生涯中。

除了心智蒙昧，欠缺方向感才是这位“雨人”最显著的问题。以后的一年多时间里，我的耳朵将充斥着各种撞击的声音，纷乱骚动，甚至喧哗铿锵。而我们之间的关系，就是一个如何调整彼此“方向”的关系。

学校里每位老师都接受了“组织任务”，他们对潘侯爱护有加。上课时，任课老师负责引领潘侯向着座位而不是向着讲台而去；在食堂打饭，也有专人替潘侯安排整个程序，他所要做的，不过是亲自把粮食送进嘴里——将一片肉或者几块土豆举在眼皮下，好像对自己接下去将要做的事情感到没谱，如果不假思索，就难以顺利下咽一般。因此旁观潘侯进食也是件令人揪心的事，那个倒霉的“专人”只有暗自对着他的每一次吞咽做出无声的祈祷，提心吊胆，生怕他的筷子找不到规定的口径。潘侯对这样的待遇并不领情。此人总给人一种蠢蠢欲动的感觉，总是让人不太放心，觉得他始终在妄图自己决定一些事——结果当然总是挫折不断。照顾他的人强行干预他，他倒也很顺从，双手插在上衣口袋里，仿佛心无所属的样子，其实很明显，他更愿意自行其是。但他从不抵触，不过是一有机会就去撞墙。

只在一件事情上，潘侯表现出了他的执拗。学校不允许他上体育课，这个决定无疑很英明。显然，那块操场在这位“雨人”眼里不啻是一块没有路标的蛮荒之地。但潘侯我行我素，坚决不服从这个英明的决定。他以一个“公子”才有的专横跋扈，挣开一切阻拦，像一颗炮弹般地飞奔在操场上。兴许他那高度接近两米、重量超过一百公斤的沉重肉身需要宣泄掉撑得难受的精力。这一点，处在青春期尾巴上的我们感同身受，否则大学校园的操场不会被弄得像个斗兽场。但我认为，就凭我们那点儿躲在被窝里自渎的动力，根本难以激发出如此摧枯拉朽的狂奔。这具庞大的身躯被更加不可遏制的力量推拥着，仿佛火箭发射一般地迎着某种召唤喷薄而去。奔跑的时候，潘侯的嘴里发出一种十万火急的气声：

火——火——火——

他就这样呼啸着、漫无目的地撞向操场边的各种障碍物。于是单杠双杠成了险隘，沙坑成了泥潭。

他的冲击力委实惊人，很快就发生了事故，有一次撞在主席台的水泥台面上，当场就昏死了过去。体育老师慌了手脚，派人把我从课堂喊了出来。大家都知道我是学生中唯一接受了“组织任务”的，似乎我便因此成了潘侯的监护者，是一个对他有着责任和义务的人。

我跑到操场边的现场，以一个中文系学生特有的谦卑挤进一堆哲学系的家伙之中。潘侯已经苏醒过来。他脸色煞白，嘴角挂着白沫，身体紧紧地蜷缩在地上，安静地等待着痛苦的离去。这副样子被我俯瞰，反而像一个随时准备起跑的姿势。我蹲下去，抓住他的一只手，那只手冰冷无力，在我掰开之前，一直把大拇指捏在拳头里。我们的手握在一起，像按下了一个开关，我看到潘侯的眼睛一下子涌出泪水来。我相当震惊，因为之前我的意识从未将这个人和泪水联系在一起，他太像一团蒙昧不清的化合物了，但组成元素中并没有情感之类的成分，没有两个氢原素和一个氧元素那类的玩意儿，所以形成不了水。我很局促，只能喃喃地说：

“撞啦……没事了吧……兄弟你真该当心点儿……”

此人虚弱地眨着眼，表示同意我的说法。

时值仲秋，我偶一抬头，从我蹲着的那个角度望去，太阳有气无力地恰好待在两栋楼之间，仿佛架着双拐，那景致，不禁令人一阵怆然。

在一帮未来哲学家的围观下，我没有什么有效的招数来行使自己“监护人”的职责，只有一直蹲着握住这个人的手。我也得认认门，训练训练。但此番握手对于我也是个从未有过的体验。谁会长达半小时地握着一个人的手呢？当然恋人们不算。我们的手握在一起，我的手大约只有他的一半大。潘侯的体力在逐渐恢复，由此我的手也捕捉到了那种生命迹象一点一点聚拢、复苏的过程。

这件事发生后，我对潘侯有了异样的观感。我不知道该如何形容，只是觉得它几近温柔，就像遥望那枚如同患病的太阳，不免让人心生恻隐。

这时潘侯已经成为附近几所大学人所共知的人物。他的“有些问题”，他的家庭背景，他让人匪夷所思的特殊禀赋乃至他雄阔壮硕的派头，都足以令人关注。连外校的学生也跑来看他。大家是怀着一种观看珍禽异兽的心态来观赏“雨人”的。我无形中暗自认可了作为“监护人”的角色，对这样的状况自然颇感厌恶。

我打算帮帮潘侯。提纲挈领，我对他的帮助就始于解决他那不可遏止的奔跑欲。

一个周末，我们一同来到操场，那时秋高气爽，万里无云。潘侯没有什么异议地跟着我，他可能被格外叮嘱过，对于我这个帮助者应当予以配合。他只是有些好奇，把我借来的皮尺要到手卷来卷去。我们合作着测量了一下：200 米的跑道，让他用 200 步跑完。我提醒他把注意力放在自己的左手上，以此为坐标，向左，跑 200 步，再向左，再跑 200 步，周而复始，直到他觉得已经跑灭了胸中的火焰。

这套路数非常有效。能将圆周率小数点后的一万多位数背出来的潘侯，对数字惊人地敏感，训练了几次就完全掌握了要领。势如破竹，他在飒飒秋风中跑得不亦乐乎。起初我捡了根树枝，站在跑道的内圈吆喝着，但当他跑出状态后，我便受到了感染，跟着他一起跑。由于规定了步子的频率，我们跑得并不算太快，但就像上足了发条，自有一股欲罢不能的激情和持久的耐力。像得了强迫症，我完全是靠着惯性跟着这个不知疲倦的狂人跑。直跑到夕阳低垂，双腿犹如加工出来的机械，摆动得极富规律。直跑出一张备受折磨的扭曲的脸，并打着马儿那样的响鼻。

然后，在某一个临界点，我确乎体验到了那种灵肉分离的曼妙。那不是一个累积叠加的结果，也无从期待酝酿，它来得令人猝不及防。我根本没有准备——那痛苦的走投无路的一步迈出后，会和前面所有的痛苦有什么不同。一条灼亮的弧线在脚下闪过，与之同步，是自由的翩然降临。我想说我体会到了自由。它不是我们想象的那样酣畅淋漓，它没有那么霸道、蛮横和粗鲁，而是宛如一个婴儿般的令人疼惜。

休止的一刻却令人惊愕。当我停下步子后，陡然便有着一种茫然四顾，才发现凭空孤立于云端的魂飞魄散。于是急遽地跌落无可避免：干呕、痉挛、失重、麻痹，倒在地上神经质地抽搐不已。往日熟悉的这块操场在我眼里倒成了一片苍凉无际的荒原，望之不禁令人气馁与心碎。

对我的表现潘侯不能理解，他在我身边转着圈。同样经历了这番狂奔，他的鼻息不过像一匹悠闲的马儿的轻嘶。当我生不如死的时候，他却胜似闲庭信步。我躺在地上，有气无力地战兢着，生怕遭到这匹大马的践踏。后来他一个回旋，蹲在了我的身边，将一颗大头探在我的眼皮前打量我。过了一会儿见我并无起色，就干脆和我肩并肩地躺在了一起，用一只手，抚弄一只小狗似的拨拉着我的头。

两个晚练的女生从我们身边跑过，脚步声在我贴地的耳朵里空漠地响着，踢里踏拉，荡起一阵微小的尘埃。她们那种女性特有的摇摆步态，那种不自觉夹紧、相互摩擦着的大腿，被我仰望，真是有种毁灭性的愚蠢和绝望。

从此，操场这块旷野在潘侯眼里就有了地标和基准。每当体育课时，他便将左手举在眼前，响亮地呼喊着数字，迈着均衡的大步，像钟表上的指针一样精确、匀称地飞奔在操场跑道上。向左！向左！将自己拽出肉体……

这样的景致理所当然地成为一道风景，永久地镌刻在了那一时期西大学子们的心里。

我对潘侯的照顾其实很有限。按照和校方的默契，我大概只应该对他在宿舍里的时间负责。

潘侯大多数时候是温顺的，除了一开口逻辑飘忽令人出其不意，如果不要求他背圆周率，基本上与常人并无不同。但他也会突然地激动兴奋。

宿舍楼每晚 11 点钟准时拉闸熄灯。每到这个时刻，不用看表，潘侯的情绪都会准时地动荡起来。那时候，他通常正趴在自己的铺上，抱着一本黑壳的笔记本，在上面写写停停。黑暗将至的前一刻，他仿佛能嗅到异样的气息，突然停下手头的活儿，警觉地四下张望一番，然后嗵地从架子床上蹦下来，挥舞着手臂，像一个踢着正步操练的列兵，几步从宿舍的这一头跨到另一头，然后又折回来，嘴里嘀嘀咕咕，来回往复。 于是房间里霎时乒乒乓乓地乱了套。

这当然成了其他人的痛苦。 尽管大家都分别被做了工作，但还是有人故意把椅子、水瓶之类的东西摆在宿舍中间，给潘侯设置出路障。 既然只能承受，那么就让肇事的家伙更艰难些吧——这就是他们的逻辑。 水瓶踢碎了不要紧，学校马上会换来新的，以至于有需要的家伙都把他们的破设备送到了我们宿舍。 如果能搞来绊马索，没准这帮家伙都会弄到我们宿舍里来使用一下。 我能够理解大家的情绪，只好他们前脚摆上，自己后脚跟上去挪开，像一个排雷的工兵。

我的举动招来了不满，有列兵有工兵，我们的宿舍岂不就成了一个兵营？ 他们迁怒于我。 毕竟，我不是一个需要照顾的人。 于是就有了这样的流言，说我是想靠上潘家这棵大树，好在毕业后踏上仕途。 那个年代，就像我们这帮大学生到了青春期的尾巴上一样，理想主义也已经进入了它的更年期。 但在大学里被人做出这样的评价还是很令人难堪的。我被尖锐的流言所激怒，急于分辩和澄清。 终于有一天当潘侯又准时地跳了下来时，我用一个中文系学生的腔调，带着表白性质地对他吟哦：

“安静！ 请你安静！ 这里难道是疯人院乎？”

天啊，潘侯一步就蹦到了我的面前，这一回他倒是目标明确。 他歪着头看我，一言不发，足足有一分钟的时间。我突然很紧张，感到这个家伙会攻击我。 当时我正半躺在床上，身体有种要蜷起来的愿望，基本上不敢正视他那张嘴唇挛缩着的大脸。我不是一个懦弱的人，本来也酝酿已久，但我的勇气是建立在理性之上的。如今我面对的是这样的一个人物，所有的理性都有可能变得勉强乃至无效，于是勇气便不复存在。

我色厉内荏地吞咽着唾沫。几个室友关注地伸直了脖子，做出一旦发生意外便一哄而上的架势。潘侯却做出了相反的举动。他摆一下脑袋，像一头不屑于朽尸的熊，笨拙地爬回了自己的床铺，留下我和几个室友面面相觑。符合规定的黑暗适时而降。叭的一声，像某个有权势的家伙打了一个响指——那是大面积断电发出的声音，一块黑布兜头便蒙住了我们。不管怎么说，我毫发无损，但淹没在这种被管制的时间里，我一下子居然有种啜泣的冲动。

此后潘侯竟然终止了这种黑暗前的亢奋。我认为这是我教会他在操场上狂奔换来的善果。这个“雨人”对我有了感激之情，以至于甘愿委屈自己。他不再跳到地上，却躲在铺上瑟瑟发抖，喉咙深处发出诡谲的喘息。那喘息经过努力压抑后，蠕动着，像窨井下涌动的暗流，宛如紧随其后必将到来的黑暗的前奏。我知道，他已经尽力了，这是他所能做到的极致。尽管我不免为此自责——这个人不过是干扰了我们，而我对他却造成了煎熬——但还是觉得这种喘息听得多了会导致大家患上肺癌，至少会让人喉咙发痒，以至不咳嗽几声简直就觉得过不去。

楼道和厕所是不熄灯的，后来有一次我起夜，就在厕所里看到了蹲在里面的潘侯。他经过训练，对这块宝贵的光明之地熟门熟路。那时他靠在一排锈迹斑斑的暖气片上，抱着那本黑壳的笔记本，顶着一头热气，正在奋笔疾书。他真是专注，根本没有发现我，这让我得以悄悄对他端详良久。基于潘侯的专业，憋着一泡尿的我首先将他盘踞在厕所里的这一幕和打磨镜片的那位斯宾诺莎联系在了一起。在我眼里，这本黑壳笔记本之于哲学系新生潘侯，就像镜片之于先哲斯宾诺莎一样，是他们不为人知的专业表达；同时，也成为此人每逢熄灯之时便要发作的诱因——他预感到自己的工作将被蛮横地中断，于是便不可遏制地愤怒。

这个神秘的本子里究竟有何玄机呢？好在它最终落到了我的手里：黑壳上压印着“为人民服务”的字样，这几个字的存在更多要仰仗手指的触摸；里面记录着的，不过是每天出现在潘侯视野里的人，而且以陌生人居多。它不能被称为日记，说是流水账都很勉强。因为在我们看来，那些或许连生命中的过客都算不上的人，实在乏善可陈。潘侯持之以恒记录下的，不过是这样的一些文字：早餐，二班的瘦女生，吃了十分钟，心情好；第一节课，徐教授，眼睛红，疲惫；穿着运动服的男同学，看天，天上有云……如此等等，言简意赅，却比书本上的冗长脚注都要乏味。但是，当我一页一页逐字逐行地读下去，却不禁为之着迷。

悲观些说，潘侯记录下的，是一些人在尘世走过这么一遭的佐证。有幸进入这本黑壳笔记本的那些人，如果在咽气之前能够读到这些文字，没准会唏嘘不已。他们会因此记得，在生命中的某一天，自己心情不错地吃了十分钟的早餐；某一天，自己眼睛红肿着疲惫地登上了讲台；某一天，自己百无聊赖地举头望天，而天上浮云片片。由此前后推演，便是一段相互关联的岁月。于是，他们在终结之时所成为的那一个自己，就不再是凭空成为的了，他们那时所走向的归途，就有了这样一个确凿的来路。我们走得仓皇，每一天的每一刻，何曾巴望会被这样铭记下来？但是潘侯做这样的工作，有意义吗？是谁赋予了他这样的权柄，来为大家数算每一个日子？谁知道呢。也许，这依然是他的哲学方式，借此他暗自与这个世界达成谅解，来感觉自己并非完全与之无关。

当然，我在这本黑壳笔记本里也看到了自己的名字。我是以这样的面貌第一次出现在上面的：

某日，李林，唐朝人，忧郁。

潘侯把我这个忧郁的唐朝人当作了他的兄弟。这个“雨人”没什么交际的能力，但内心对这方面的需求显然还很火热，于是挺现成的，顺理成章将我这个“组织上”安排给他的人视为了伙伴。他开始在大庭广众下突袭式地对我表现出不恰当的亲昵。随便列举一下：譬如在食堂吃饭，他看到我的嘴边有米粒，就径直过来用他的大手小心翼翼地摘掉。当我的嘴唇被那只大手碰触的一刻，有种从未经历过的战栗令人痛苦地从小腹一直奔涌到唇角，周身居然有股纯粹发自生理的反应。有时候他挤坐在我的身边，手放在我的大腿上，我需要提醒他一下，他才能意识到原来落掌之处并不是他自己的大腿。我很窘迫，身体绷得硬邦邦的。尽管我的心一再被潘侯柔化，但是我没法让自己挺直身子去面对参差的目光。我所谓的方向，不如说是风向。我真是有点儿发愁，怕潘侯会弄出些什么更来劲的。

离我们学校不远，有一座废弃了的天主教堂，据说解放前非常有名。学期快要结束的时候，潘侯带我去了那个地方。我们在黄昏的时候来到它的面前。一些鸟在它高耸的尖顶之上盘旋，发出急促的叫声。夕阳无力地覆盖着我们脚下干枯的落叶。一走进它边缘锐利的阴影，我的心就遭到了温和的切割。潘侯仿佛变成了另外一个人。他突然变得轻盈、机智，牵着我的手灵敏地跨过每一个障碍：一段腐朽的木头，一块破碎的瓦砾，一架说不出名堂的小型动物的骨骸，乃至一团风干了的粪便。奇怪的是，我并没有感到太大的惊异。仿佛我早就知道，在“雨人”的世界里，有着属于他们的地图，在那里，他们自有条分缕析的途径。而如今，我只是进入了他们的领地。

这片神的废墟就是潘侯的领地。他熟悉它的脉络，曳足而行，可以毫无困难地深入它的每一个角落。他的地盘他做主，潘侯引领着我，成为我的方向。我们走过圆弧状的拱门，走进弥散着难言的哥特式的隐秘里，满目垂直的线条，让我们犹如走进了一具庞大尸骨的腹腔。肋骨一般交错而成的穹顶下，一排排信众的座椅周正而孤寂，它们已经腐烂，散发出泥土潮湿的腥味，上面生长着稆生的植物，却依旧整齐划一，难掩那种神所设立的秩序感。在这荒凉之境，所有的花儿却都如期开放，那些穿堂而过的鸟，不种也不收，也不积蓄在仓里，更不用读中文或者哲学，却依然被神所养育。

潘侯甩开我，一路蹦跳到牧师布道的讲坛前，大步跨了上去，仰起头，开始声音响亮地朗诵一首诗：

我披着深色的披巾捏住他的双手……
“为什么你今天脸色惨白忧愁？”
原来是我让他饱尝了
心灵的苦涩的痛楚。

怎能忘记啊！他摇晃着往前走，
歪着嘴唇十分难受……
我没扶楼梯扶手奔下楼来，
跟着他跑到大门口。

我一边喘气，一边喊叫："过去的一切
都是玩笑。你一走，我就会死掉！"
他平静地强颜一笑，对我说：
"你别站在风里头！"

当年的大学，即使是一个体育系的都能背出几首诗来。所以潘侯朗诵这首阿赫玛托娃的诗，在我这个中文系的看来，算不得太稀罕。我只是想不到，在这样一个场景中，潘侯怎么会朗诵这样一首极尽曲折的爱情诗。我所受到的专业训练约束我，在这里，来一句"主啊，是时候了！"才是恰如其分的。对此我只能叹服，这个人能够秉着恳切超越场景对一首诗的辖制，令本无瓜葛的事物浑然一体。我从未听过，也坚信再也不会听到有人能够将诗朗诵得如此端庄与体面。朗诵者的语调没有修饰和起伏，没有声情并茂，每一个字都像钉在钢铁之上的钉子。于是诗被还原成了诗，自有一股高贵的威仪。

潘侯身边好像还站着个看不见的人，并且在对他的朗诵给予无声的掌声，他向这位莫须有的声援者频频颔首致意。当然你也可以得出这样的印象：这个大块头不过是在打着轻微的摆子，或者是在着力表现着"歪着嘴唇十分难受"的诗意。

那一刻，教堂破败窗口涌进的夕阳极其明亮。就着光，在这位"雨人"的身上，我瞥见了这个世界隐秘的内核。它是另一条路径，某一类人与这样的路径在这神奇的角落里和谐地悄悄会合，就像万物不被觉察地自给自足。

但这条路径只在这座被遮蔽的废墟里有效。当我们重新走到尘世中时，世界立刻恢复了它的坚硬。回去的路上，潘侯两次撞向了电线杆。我就像一个被乖僻的主子搞得颇为狼狈的跟班儿，只好把他的手挽住。这回他的手倒是凉爽而稳定，只是在比例上给我一种反倒被人襄助着的手感。两个大男生牵手而行，真的是不太好看吧？反正我是有些别扭。但潘侯却因此好像得到了某种许可，突然和我推心置腹起来。

“你有什么难忘的事吗？”他转头看着我，无根无由地向我打问道。我没什么心思回他的话，但经不住他反复追问：“有没有？有没有啊？”

“有吧，”我沉吟着，顺嘴说了一句，“小时候死过一条小狗。”

“一条狗？什么品种？”

“一条小狗，”他这么认真，但我实在对狗的品种所知甚少，而且实际上一直还是比较怕狗的，所以只能答复他，“就是一条小狗。”

“噢，一条小狗，”他玩味了一阵，继续质问我，“死啦？”

“嗯，死啦。”

“真的死啦？”

“没有死吗？”我被问得没了把握。

“噢，哦，”他和我捏在一起的手加了几分力气，表示有些不好意思，表示有些叹息，“怎么死的呢？”

“吃了死老鼠。”

“死老鼠？”

“是，是死老鼠，老鼠是被毒死的，就是说，狗吃了死老鼠，就跟吃了老鼠药一样，就毒死了。”

我以一种三段论式的严谨用力解释着，态度忽而转变了，不再是心不在焉的敷衍，声音也逐渐哽咽一般地嘶哑了。这件童年往事此刻被提及，居然会令人伤心，这是我无论如何也想不来的，要知道，如果不是被这样拉出来说一说，我基本上把这茬事遗忘殆尽了。它长什么样子呀？说黑不黑，说棕不棕。耳朵呢？耷拉着，好像总是湿漉漉的。湿漉漉？嗯，但和下雨没关系，也不是出汗弄的。你伤心吧？是。为什么？因为没有不伤心的理由……

我们在夕阳里手挽着手，谈论着一条死了十几年的小狗，腔调严肃，一点不比谈论一个瘦女生或者一个红眼睛教授轻浮。在我眼里，这条“因为吃了死老鼠而死”的小狗，从一个简单的事实中脱颖而出，陡然无条件地被赋予了某种令人动情的价值。仿佛我也有一本属于自己的黑壳笔记本，此刻打开检索，那条小狗就以一种令人从未巴望过的，我想说，使人怅惘的可贵被全新地塑造了出来。

当我抬头看到校门时，才从这种放诞的郁悒中回过神。

我像被烫着了一样从潘侯手里拔出了自己的手，心想这是怎么啦，为一个“雨人”打伞，结果自己却被搞得像落汤鸡啦！ 已经有认识的同学出现在我们面前了。 我故意放缓步子，装作若无其事的样子跟在潘侯后面。 失去了我的手，潘侯一下子有些不知所措，两只空手无处安顿，在大腿上拍打了一阵，终于好像找到归宿般地迅速插进了上衣的口袋中。

校门外的路面正在翻新，走在前面的潘侯一脚踏进了刚刚浇灌了水泥的禁区。 我用大喝一声来提醒他。 他定下身形，进退维谷地傻在那里。 我向他打着后撤的手势。 但他好像看不懂似的，好像被吸附凝固住了一般，纹丝不动地把那个前腿弓后腿蹬的姿势保持了良久，然后才慢慢收回了那只误入歧途的大脚。 那意思，好像还颇为有些遗憾，有些恋恋不舍，让我都要认为他是故意这么做的了。

倘若你有一双慧眼，并且足够耐心，如今你在西大的校门口，也许还可以找到这么一只来自一位“雨人”的足有50码的足印。 它隐蔽地长在西大校门那张刻意维护着的老脸上，就像一块极具说服力的老年斑。

不知道从什么时候起，我开始把潘侯叫作老潘了。 这除了说明他在我的眼里符合一个“老潘”的指标，至少还说明我对他已经颇感亲昵。 临近寒假的时候，我被邀请到潘侯家里做客。 王秘书坐着一辆小车来学校接我们。 我几乎忘记了这个老潘的家庭背景。 在他的身上，没有丝毫的纨绔之气，相反，他倒是比任何人都来得朴素。潘侯是我们宿舍里唯一不吸烟的男生，穿布鞋，衣服也似乎永远是那两件条绒外套，有一次临时还借穿过我的裤子，结果裤脚吊在脚踝上，裤裆紧绷地在校园里晃荡了一个下午。

直到我们乘坐的车子驶进那座俄式大院，我才意识到了潘家的非同一般。看到门前站岗的两名军人姿态标准地向我们敬礼，我的身体就虚弱下来。

潘侯的父亲看起来比潘侯还要庞大，主要是比他宽出很多，像一座山，即使向我走来也仿佛岿然不动。我们握手，我的手像被一团棉花包裹了一下。潘侯的母亲是一位皮肤白皙的南方妇女，倒是令人感到亲切。她的南方口音很重，而且语调又压得很低，我需要支棱起耳朵才可以听清楚她的话。她要求潘侯为我们弹奏一曲钢琴，殷切地鼓励自己的儿子说：

“弹一首啦！”

潘侯显然不太情愿，大脸憋得通红，但还是坐在了一架钢琴前。他的表情和坐姿都很僵硬，弯腰曲背，手指无力，给人的感觉是在用除手指以外的全部身体落实着这桩风雅之事。琴声若隐若现。我听了一阵，才幡然醒悟，叮叮咚咚，飘在耳畔的原来是国际歌啊。

潘侯的母亲低声对我说：“他这是为你弹的，他从来不在外人面前弹琴的啦。”

她说感谢我对潘侯的帮助，这半年来，潘侯发生了“老大”的变化。

我有些受宠若惊。 首先，我不觉得自己对潘侯提供了多大的帮助。 其次，这幢完全超出我阅历的房子也在无形中压迫了我，似乎在这里，任何被感谢的话都是令人无法消受的。 而那叮叮咚咚的旋律也使得我更加不知从何说起。

这时潘侯的父亲开口了，声如洪钟：

“李同学，听说你是学生会主席嘛，很不错，有前途。”

他的话音未落，潘侯猝然一拳捶在琴键上，用一声共鸣凶悍的强音来伴奏自己的叫嚷：

“讨厌！ 你不要说这种话，讨厌！”

场面一下子僵住了。 潘侯的父亲面无表情地闭上了眼睛，一副雷打不动的凛然。 潘侯气哼哼地从钢琴前起来，足有上百平方米的客厅他也只需几步就可以找到一面墙，撞过去，折回来，再撞过去，像一只恒定的钟摆。 头顶的枝形吊灯在震荡下窸窸窣窣地颤动。 没有一个人试图去阻止潘侯。他的父母安之若素地坐在沙发里，对眼前的状况置若罔闻。一个类似保姆身份的阿姨默默地进来给我们的茶杯添水，然后又默默地退出去。 我本该看看事情会被允许发展到什么地步，但还是终于忍不住了，轻声叫道：

“老潘……”

像听到了一声哨响，潘侯立刻收住了狂躁的步子。 他的母亲惊异地瞪大了眼睛，用一种南方气质的氤氲眼神看看我，再看看自己的儿子，显然一下子不能把“老潘”这个称谓跟自己的儿子对上号。潘侯站在原地喘着粗气，好像比狂奔了一场还要气息难定。稍微平静之后，他过来略嫌粗暴地抓住我的手腕说：

“我们走。”

我无所适从地向他的父母点点头，说是点头哈腰也差不多，那种不自觉想要讨好什么的态度，真是要不得。我被潘侯提溜到了他自己的房间。我注意到这个房间的四壁都包着齐人高的棕色皮革。潘侯的情绪转变得非常快，一下子又兴高采烈起来。他从一面书柜里拿出一大摞画，很阔绰地丢给我：

“我画的！”

画是用铅笔画的，一些锋利的线条狼奔豕突，乍一看，就是一团乱麻。

“是教堂的尖顶吧？”我完全是信口开河。这一次，我没有把他当成一个美术系的。我的脑子还留在客厅里。我想着那对父母依然坐在沙发里的情景。他们一言不发地各自端起茶杯，杯子上印着“为人民服务”。同时，这幢房子也令我神伤：大客厅，钢琴，枝形吊灯，成排的书柜，外加一个沉默的保姆，可不就是一个中文系学生所能憧憬出的最完美的梦境嘛。

潘侯的脸色微微有些发白。

“你能看懂呢！”他惊呼着，“只有你能看懂呢！”

他眼睛翻起来，既像是高兴，又像是生气，上唇渗出细密的汗珠。

我歪打正着，不太好意思回他的话。孰料，他却因此打算回报一下我。

他突然拉起我的一只手说：“李林，我要告诉你一个秘密！”

他这般郑重，我不由得也跟着严肃起来，迅速向门口看了一眼。要知道，在这样的一幢房子里言及“秘密”，岂不就要令人联想到“机密”？

潘侯喘得厉害，像是在下着很大的决心，他说：

“我爱上了一个女生！”

我感觉自己的头晕了一下，问道：“谁？能告诉我是谁吗？”

然后我屏住呼吸，等着他的回答。

老潘的回答使我的头更晕了。

他下了个狠劲，向我俯下身来，用自认为是悄悄话但足以令客厅里的那两个人也能吓一跳的声音，暴怒般地说出了一个我熟悉的名字：

“朱莉！”

因此，这两个字都显得不太具备一个名字那样的指称性，让人觉得像是空洞地瞎吼了一声。

新学期伊始，我就感觉到了潘侯的变化。夜晚一声响指之后，依然可以在厕所里看到抱着那本黑壳笔记本的老潘。

但是他却宁静多了，蹑手蹑脚地摸黑钻出去，然后又蹑手蹑脚地摸黑钻回来，尽管弄出的动静反而比百无禁忌时还要来得大，但那份自控的努力却是一目了然。接着，他和朱莉的恋情就被公布出来。

朱莉是西大有名的女生，低我一届，高潘侯一届，上天作弄，学的是物理。此人非常活跃，长着一双天使般的眼睛，深深地陷进去，有着很淡的眼珠，因此显得大而哀怨。朱莉善于交际，诗歌朗诵、交谊舞会、话剧演出，学校里组织的每一项活动几乎都能得见其影。

“雨人”在谈恋爱——校园里风传着这样一桩奇事。这段恋情之所以一开始就被视为“奇事”，并且遭到非议，原因在于几乎所有的人都认为朱莉怀着显而易见的目的。我也用这样的尺度来测量潘侯的爱情。尽管我承认，原来我一直忽视了老潘居然也会有爱的本能（这早有端倪，他在神坛上吟诵过的），既然有本能，面对条件，就会有反射。我认为，朱莉这样一个学物理的女生，对于物质的守恒自有其专业的体悟。我担心潘侯无法抵御这种陡峭的爱情。老潘在神坛上朗诵阿赫玛托娃爱情诗的情形历历在目，我不愿意看着他被朱莉拽到一场物理实验当中去，弄到“歪着嘴唇十分难受”的沉痛境地。

为此，我擅自扩大了“照顾”潘侯的范围，做了一些不太磊落的事情。我找来了一些朱莉的照片，都是学校组织活动时拍下的。朱莉在上面与各色男生做出亲密的动作，倚着，靠着，吊在胳膊上。我想以此唤醒老潘，让他对爱情这件事情有一些清醒的认识。

潘侯看得认真，两眼冒光地对我说："朱莉多矫健！"

多矫健？是的，这并不奇怪，老潘有时候就是会这样语出惊人，譬如像表扬一匹马似的表扬一个女生。

我有意打击他："朱莉穿高跟鞋不好看，你不觉得吗？"

这倒也是实情。美丽的朱莉也有微疵，像很多女孩子一样，穿上高跟鞋走路就多少有些颠颠簸簸的样子。

"哈！"

潘侯拳头向前捅了一下，我理解他是想擂我一拳，不过他落空了，拳头指向的那个区域是我五秒钟前站着的位置，现在我已经挪窝了，而他的方向感还没调整过来。他一拳打在空气里，自己都怔了一下，但脸上的表情并没有收住脚，依旧洋溢着红光，并且依然快活地叫起来：

"你看得真仔细，你看得真仔细啊！"

我反而被他搞得颇为尴尬，只好重新闪到先前的位置，正色引导他：

"老潘你知道吧，爱情有时候是可以成为一种手段的。"

我差点要将爱情说成是一个物理公式。这样显然针对性太强。

老潘安静冷淡地看着我，好像才开始回味方才落空的一拳到底是哪里出了故障。

他偶尔回一句："不是，爱情不是。"

我让他说说那么爱情是什么。 他漠然地看着我，并不作声。 仿佛跟我说了也是白说。 仿佛对我还挺轻蔑的。

我有些恼羞成怒，大声教导他：“老潘，人都很自私，你知道吗，人都很自私！”

他被我吓住了，紧紧地咬着腮帮子，连声说：“自私！”

潘侯不为我所动，爱得颟顸。 奇事的另一位缔造者朱莉，同样也经得住非议的侵扰。 这位孔雀一般骄傲的女生，自信到根本无视流言与蜚语，甚至让人觉得，这反而是一种待遇，她挺享受这种沦为话题与谈资的局面。 朱莉与潘侯在校园里亮相，效果形同今天的女人挎着一只 LV 的包包。 在大家看来，这个朱莉是在用自己的行动声明，她并不讳言自己的企图，而且绝对不以此为耻。

他们约会的时候基本上是在周末，平时呢，有些按部就班的意思，必定会在傍晚时分牵着手在校园里巡视般地走一遭。 这走一遭的意思，在大家眼里，是朱莉刻意为之的，她是在示威，是在用自己的身体发言——昂起的头说：怎么啦？ 我就是想抓住一个公子！ 挺起的胸说：有本事你们也抓一个我看呀！ 颠颠簸簸的脚步宛如鼓点，给她的声明敲击出有声有色的精气神儿。 朱莉意气风发，这么招摇，实在是有些蔑视大家的情感啦！ 于是局面为之一转，旁观的我们倒仿佛被置于了羞耻的境地。 尤其是我，无形中，好像成了舆论谴责的一个焦点，仿佛这件有伤大雅的事之所以发生，完全是因为我没有负起一个“监护人”的职责，是我放任了这样的事情，将老潘置于了凶险的试探之中。

我在一个周末尾随过他们。出了校门，这两个人一路向西，走出不多远，我就明白了他们的目的地。他们是在走向那座废弃的天主教堂。这个事实让我好一阵失落，居然有着一丝的妒意。是我觉得朱莉从我的身边夺走了一个“雨人”吗？似乎又不完全是，因为无论从哪方面讲，我都无权并且无意霸占这个“雨人”。根源在哪里？如今我也难以梳理清楚。那种蒙昧的情绪，只能永远陷在蒙昧里。我远远地跟在他们后面，吸引我眼球的，不是目标昭彰的大块头潘侯，相反，倒是他身边那个婀娜的背影。

之前我和朱莉只是在学校组织的活动中有过一些接触——我是学生会主席嘛。那时我没有对这个女生产生过更多的想法。朱莉的辐射力过于强大，热力四射，让一个严肃内敛的学生会主席只能敬而远之。

直到她用这样的方式闯入我的视野——更多的时候，只是一个背影，一个婀娜的背影。

我还得继续找潘侯谈话。

我们坐在操场的主席台上，两腿悬空，双眼望天。老潘又把自己的手放错了地方，理直气壮地搭在我的大腿上。考虑到这场谈话必然的艰难，我唯有任凭他将我的腿当作他的腿。

“老潘，你想过没有，朱莉爱你什么？”

“我爱朱莉。”

“我是在问你，朱莉爱你什么？”

我的大腿被毫不客气地拍打了一下。

“我爱朱莉。”

“这不是一回事！ 我没问你爱不爱她！”

“是一回事，都是爱情的事。”

“好吧，好，那你爱朱莉什么？”

“我爱朱莉。”

“好，好！ 你爱她，总有原因吧？ 比如，爱她的什么？”

“身体。”

这个答案让我险些从主席台上跌下去。

“你是说——身体？”

“是，朱莉是漂亮的女生。”

“荒唐啊老潘，爱一个人应该是爱上了这个人的特性，你说的漂亮是一种共性的东西，显然，漂亮的女生很多，可你并没有全部爱上她们嘛。”

“我爱她们。”

我的大腿又是一阵火辣辣的痛，但这次是我自己拍打的。

“可现状是，你只爱朱莉啊。”

“那是因为，只有朱莉来让我爱。”

这句话太有效了，蕴含的那份哀伤，几乎要让我放弃谈下去的努力。潘侯的语调真的是突然降低了下去，在“因为”这两个字后面，有着一个明显的停顿，就像舌头突然被牙齿绊倒。我这才意识到，原来我除了否认着老潘也有爱的本能，而且从根本上，也一直无视着老潘居然也会有忧愁。他有爱，但除了朱莉，没有人来让他爱，他是天然被规避着的那一类人。

“可是老潘，爱是一件需要彼此确认的事，你爱朱莉，要建立在她也爱你的基础上。”

“爱不是。她爱我，我才爱她，这不是爱。爱不是交换。”

“可也许对方是当作一场交换呢？”

我的语调出奇地无力，远没有我预料的那样会拔高起来。

“爱不计算。”

“你不计算并不表明对方不计算啊。”

“所以爱不是两个人的事。”

“你什么意思，爱难道是一个人的事？”

“不，爱是所有人的事。”

“所有人的事？”

我几乎要呻吟了。

“所有人自己需要去做的事。”

我感觉到了，此刻我们这两个坐在主席台上望天的人，是在说着一件不同的事。这种不同截然相反，却又不可分割。于是我们无法说到同一个程度上去。我无法厘清自己的思路，但在情感上，却分明是被感染了。我没有能力来定义校园里的这样一桩奇事了，如果非要有个定义，我们勉强可以将其称为是一场“所有人中两个人各自去爱的事”。如果这样的道理真的可以讲得通，那么，谁还有权再来质疑朱莉的动机？

在潘侯的逻辑里，人需要面对的，只是我们自己。

朱莉远远地向我们走来，没有其他的比喻，只能老生常谈，说她像是一个跳动的音符。潘侯依然望天，倒是我的目光，远远地就被这个走来的音符所引动。的确，当我们欣赏一个音符的时候，是不会甄别这个音符有什么动机的，那是音符自己的事，我们只服从我们自己的情感就够了。

就够了吗？

我被潘侯弄乱了脑子，不再那么抵触朱莉。这种情绪一经产生，居然繁衍出其他的情绪。我发现，即使朱莉真的是在谋求什么，那么她谋求得这么当仁不让，本身就极富魅力。这种魅力刀砍斧劈，简直是凌厉，如果换作是我，我也会缴械。这时候，令大家震惊的已经不单单是潘侯了。当舆论在朱莉的气势下即将溃败的时候，朱莉却乘胜追击，反其道而行之，掀起了新的一轮攻势。她突然冷待起火热的潘侯。什么动机呢？大家的猜测是：朱莉感觉时机到了，潘侯已经被充分燃烧，她要翻盘，向大家证明，校园里发生着的这桩奇事，责任原本是在潘侯的。

朱莉多有智慧。 大家多有智慧。

但潘侯焉知这里面的奥妙。 尘世叵测，爱情这样的事情又是格外的曲折逶迤，哪里是他老潘所能轻松穿越的呢？ 受了冷待的潘侯在一天夜里跑到女生宿舍楼下等朱莉，翘首以盼，只等到月朗星稀，惊动了校方。 换了其他人，这样的事情就不成其为问题，无非一通申饬。 但麻烦的是，现在是公子潘侯。 本来恋爱之事原则上在大学是不被提倡的，但校方显然是特许了潘侯的爱情。 学校派出两位老师来做规劝的工作，一男一女，一老一少，搭配得非常合理。 这对组合当然劝不动潘侯，于是上楼劝起朱莉来。 十多分钟后，朱莉仿佛蒙受了天大的委屈，从楼上飞奔下来，冲着潘侯气势汹汹地叫：

“好了吧！ 好了吧！”

楼上楼下挤满了兴奋的脑袋。 大家在这初春的月圆之夜，玩味着校园里的爱情。 这爱情寓意无穷，在我们这些年轻学子的眼中，“好了吧”，却唯独看不到那些纯美的题中应有之义。 一阵乌云过后，星星像一股回流的河水在天上流淌。 这是多么难得的一刻，大家安静地麇集在星空之下，仿佛在欣赏一幕话剧。 作为背景，天上的星星和月亮都显得那么的富于装饰趣味。 大家都是看客。 就像每出好戏都必不可少的那样，校方无疑在这出戏中扮演了滑稽的角色，他们在策动朱莉去满足潘侯的爱情。 朱莉呢，穿着一身碎花睡衣，是一个有些左右为难的公主，她都有些气急败坏了——而欣赏一个穿着碎花睡衣、被为难了的气急败坏的公主，是一件多么令人愉快的事。 至于潘侯呢，很不幸，不过是一个身世显赫的白痴。

潘侯插在上衣口袋里的两只手企鹅翅膀般地扑棱着，“歪着嘴唇十分难受”。 他判断出了眼下的状况不妙。 因为“好了吧”，朱莉标志性的大眼睛显然在流泪，泪花在星光下熠熠生辉。 这让潘侯分辨出了好歹。 他立刻没了主意，回头举目张望。 我知道他在找什么，下意识就想缩到人群背后。 但他高瞻远瞩，一眼就望到了我。 我们的目光碰在一处。 我该怎么回应他呢？ 我可不想在这出戏里跑龙套。 真是很可耻，我掉头走掉了。 我的身后是一片喧哗。 绝望的老潘也分开了众人。 他退场的动静太大了，像一头巨大的鲨鱼破水而去。

一段新的传奇就此展开。 我们校门口有家小餐馆，无非卖些豆腐白菜这样的简餐。 潘侯大约和朱莉在这家餐馆里有些什么故事，可能就是吃过几次饭吧。 他从此不再顶着星月到女生宿舍楼前示爱了，改在了这家餐馆，天天傍晚浑身带响地准时到达，在餐馆老板的协助下落座于最里端的同一张桌子旁。

餐馆里黑漆麻乌，顾客全是西大的穷学生，本来生意惨淡至极，不想随着潘侯的到来，迅速变得热闹起来。 只要潘侯光临，立刻就有人尾随而至，当然不能昭彰地观瞻，一盘豆腐白菜什么的总是要点的，大家一边吃，一边心事惿惿地静候着潘侯弄出新鲜的花样来。潘侯却很规矩，闷头端坐，眼前无外乎也是一盘豆腐白菜。然后果然就有了花样：对面摆着一双碗筷，他夹起一筷子菜，准星不稳地放进对面的碗里。即使是最冷漠的家伙，看到这一幕都不禁要心酸——谁都知道，天啊，潘侯这是在给朱莉夹菜呢，他在煞有介事地虚拟和回放着曾经的甜蜜。

这家小店因此成了一所课堂。一些有志于爱情这件事的同学成双而来，在一种异乎寻常的静谧之中，跟随着老潘，学习爱与被爱。真是奇妙啊，老潘端坐在灰暗的小餐馆里，却俨然一位身处豪华酒店的钢琴师，用自己的音符将一切都浸透了。这里成了一块现实之外的飞地，起码，在这里，大家能够得到短暂的感化。潘侯旁若无人地重复着他的弹奏，日复一日，西大的穷学生们那些卑微的爱情却借此得到了升华。在这个春天，恋人们携手而来，在潘侯营造的格调中吃着意味无限的豆腐白菜。

朱莉的目的达到了吧？舆论果然从反面的方向来裹挟她啦。水到渠成，初夏的时候他们终于重新走到了一起。这一回，好了吧，倒是有些众望所归的意思。但朱莉有条件，前提是，她不允许潘侯再光临这家小餐馆。朱莉是怎么想的呢？大家也许不难理解，那就是，即使是一件感人至深的事，我们也羞于过分地演绎。是的是的，朱莉和我们一样，只要不是一个会撞在墙上的人，大家都不堪过于华丽的滋味。

王子和公主并肩走在校园里。潘侯的行走依然横冲直闯，朱莉在一旁引导着他，手和手攥在一起。这样一来，我得到了解脱，完全失去了潘侯“监护人”的资格。但是很不幸，朱莉却因此被人称为“导盲犬”。我当然不会因此对朱莉幸灾乐祸。但说实话，看着他们走成西大的又一道风景，那段日子的我满腹抑郁。

基于此时我和老潘已经达成的友谊，不可避免，我也经常和这对佳人混在一起。由此，我掌握了他们邂逅的每一个步骤。原来，某一天，物理系和哲学系的两个班级在操场上宿命般地遭遇。在这堂体育课上，潘侯一如既往的奔跑博得了史无前例的喝彩——跑道边一个有备而来的大眼睛女生尖叫不已，又是跺脚又是鼓掌，高喊“加油！加油！潘侯加油！”这种激励对潘侯而言如同对牛弹琴。大家却都听出些意思来，翻译一下的话，差不多就是“爱你！爱你！我很爱你！”但很可惜，这么露骨的表达对老潘却是无效的，“雨人”的字典里压根没有“意会”这样的词。于是大眼睛朱莉破釜沉舟，下课后就将潘侯挟持进了那家小餐馆，在豆腐白菜的见证下，直截了当、明白无误地对着跑步健将潘侯说出了：“我爱你！”这种局面不要说是潘侯，换了任何人，恐怕都难以理智地权衡应对。

我找机会比较策略地问过朱莉：你爱潘侯什么呢？

这个问题我问过潘侯，没有得到想要的答案，反而被搞坏了脑子。

朱莉一眼就识破了我的诡计。那时候我们三个坐在图书馆前的石阶上，老潘傻乎乎地杵着脑袋听我和朱莉东拉西扯。我趁着朱莉麻痹大意的时刻，偷袭般地问了朱莉一句：

“你真是挺有勇气的嘛，说一说，老潘什么地方打动你了？”

朱莉将头扭到一边。我觉得她的这个动作有力极了，对面花坛里的草都仿佛跟着呼啦摇摆了一下。朱莉用这个强劲的动作回答了我——管得多！委婉一些，就很有可能是这样的一句陈词滥调：爱难道需要理由吗？我正有些气愤，却听到朱莉意味深长地说了一句：

“飞机，我还没坐过飞机呀。”

顺着她扭头的方向看去，原来天边正有一架飞机飞过。

朱莉坐在石阶上，裙子夹在大腿中，两只膝盖聚拢，膝盖以下却大幅度地撇向两边，腿胭难度极高地侧翻成直角，使得两条分开的小腿颇像飞机张开的翅膀。她也真的如同飞机翅膀一样微微扇动了一下这两条小腿，用来配合自己的叹息。那年头，坐过飞机的人怕是不多，我就没坐过。朱莉那两条微微振荡着的小腿以及女生才能完成的惊人坐姿，一瞬间把我的意识拖曳而去，让我也痴痴地跟着配合了一句：

“飞机，是啊，我也没坐过，飞机……”

老潘怔忪地插话道：“飞机，我坐过的，飞机。”

他把目光公平地分摊在朱莉和我身上。不过也有可能其实是在眺望业已消失了的飞机。

我立刻回过了神，对自己的失态十分不满，心中愤愤地认为，明目张胆的朱莉啊，她这就是在正面回答我的问题：老潘有什么好？这不是明摆着的嘛——他坐过飞机，形同一张飞机票。

这张飞机票在他可疑的爱情里状态倒是一天比一天好。已经很少能够见到老潘撞在墙上了。他日趋恬静，肢体动作也渐渐变得协调，甚至主动与人搭起讪来。和朱莉散步时，他会突然热情地向某位路遇的同学大声问候，猛不丁劈头给人家来一句“吃了吗？”或者“朋友，你的鞋子蛮不错！”这是有些荒唐，因为对于鞋子的鉴赏显然不是潘侯的长项，大家看看他脚上的状况就明白了——老潘常年穿着一双那种被称为“懒汉鞋”的黑布鞋。被潘侯问候的人，多半会让他吓一跳。要知道，一个像老潘这样体格的庞然大物凭空向你示好，反而有种令人惊悚的威力。这就是我们弯曲的现实：一个大块头，天经地义，好像就不该是为良善预备的，他的善意，往往要叫人倒抽一口凉气。这就好比美丽的朱莉，如果不精明世故，好像就一定是辜负了她的美丽。

我们虽然还都是一群学生，但当身体的青春期遇到了时代的更年期，人人似乎就有了一颗看破世事的心，对空气中袭来的一切都保持警惕，友谊、爱情、突如其来的亲密和不经意的问候，都首先理所当然地被我们怀疑。只有潘侯和朱莉，这两个我行我素的人，以不同的角度活出了磊落的样子。

七月流火的一天，潘侯对我说：“李林你要帮我。”

我不明白他是何用意，一问之下，才知道原来是朱莉要他一同出去跳舞。我对朱莉的这个要求很反感。她怎么能要求潘侯去陪她跳舞呢？这就好像是要求一个路都走不稳的孩子去耍杂技。

我说：“那你就不要去了。”

“不，我要去！”潘侯坚决地说。

我听到他说“不”时流露出的那种愤慨语调很是吃惊。这个音节就像是在他的嘴里放了一颗小炮仗。

“那我怎么帮你？是让我来陪她跳吗？”我这话听起来的确有些不怀好意。

“不，”他的嘴里又这么响了一声，像看着一条需要调教的狗那样看着我，“你陪着我就好，你可以给我指方向，喏，向左，向左……”

说着他把自己的左手举在靠近眼睛的地方，冲着我比画不已。

还有什么好说的呢？那天晚上我们三个人去了莲池公园里的一家舞厅。

朱莉穿一条红色的连衣裙，胸脯高耸，很漂亮，也很招摇。由于预见到我会有微词，这个物理系的女生基本上不怎么搭理我。我跟着他们，心里有些不是滋味。除了对潘侯一贯的担忧，我也对自己的处境颇感忧愁。毕竟，朱莉是那样的引人注目，而我，可不同样也处在青春期的尾巴上吗？是啊，我也有向往，更不缺乏欲望，但悲哀的是，我的身边没有朱莉这样的女生，哪怕她是个学物理的。

那是一家很有名气的舞厅。朱莉提出来要去那里，我其实想否定的。我认为我们应当找一个相对冷清些的地方。在我看来，所有有名气的事物，必定都是复杂的，就像有名气的朱莉一样。但潘侯热切的眼神迫使我打消了自己的偏见。而且尽管排斥，出门时我却鬼使神差地换上了一双新皮鞋。

舞厅的生意很好，我们进去时已经人满为患了。让我耿耿于怀的是，进门时我攥着三张粉红色的票，而这两个人却像透明人似的，完全是一副东家的派头，目不斜视地昂首穿过了舞厅的守门人，好像从来没有人用检票这种手段对付过他们一样。

朱莉兴致高涨，一进门就拽着潘侯挤进了舞池。潘侯明显受到了惊吓，在半明半昧的光影下求救般地望着我。我只有举起左手放在眼前，向他打着只有我们之间才能辨识的旗语。看来我是做对了。老潘向我咧着嘴笑。他当然不会跳舞，但他并不把也无从把这当成一个困难。他只是被动地被朱莉拥着，挤在人堆里缓慢地挪动。他实在是太高太大了，即使人海如沸，我也能一眼就找到他。看着他像一头温顺的大猫一般晃动着，一步一步地挪出他的那个世界，我不知道究竟是什么让我如此焦灼。这里面可能有些自艾，毕竟看着别人火热地抱在一起谁都会有些不是滋味。而且我脚上的新皮鞋不太合脚，硌得我脚背生疼。

接着就发生了混乱。朱莉突然尖叫起来。她的叫声穿透了响彻整个空间的舞曲：

“潘侯，你快松手！”

舞曲戛然而止，灯光也在一瞬间通明。刚刚还密不透风的舞池刹那间让出了一个舞台，只留下三个人在里面表演。仿佛是莎士比亚的一出戏，三个人各有造型。朱莉面若桃花地呆在那里，潘侯的一只手死死地攥着一个男人的衣领。

那个男人向后半仰着，其实很镇定，反倒是潘侯的脸色煞白，嘴唇一直在哆嗦。

“放了！”男人对潘侯命令道。

潘侯一言不发，嘴唇哆嗦得更加厉害。

男人说：“放了！”

我挤过去，从身后抱住潘侯。

潘侯像是见到了亲人般地申诉起来：“李林，他摸朱莉的屁股！”

男人不甘示弱地反驳道：“我摸你的屁股了吗？”

像遇到了一个哲学命题，潘侯一怔，实事求是地说：“没有。”

男人说：“那你放手。”

潘侯证伪道：“你摸朱莉的屁股！”

男人说：“我愿意，你放手！”

我感到潘侯的身体抖起来，连忙对他说：“老潘，你先放了他。”

“不！”潘侯嘴里爆响了一声。他的手就像一把锁，死死地锁住了对手。

男人火了，低声咆哮道：“放了！给老子放了！”

潘侯一言不发，手锁得更紧了。男人照准潘侯脸上就是一拳。这一拳打得太实在了，稳，准，狠，连潘侯身后的我都受到了震动。

朱莉再次尖叫起来：“不要打！”

她扑过来拽男人的胳膊。我异常愤怒，跳过去用两只手卡住了男人的脖子。这样就形成了我们三个围攻这个男人的局面。

男人的脸被我卡得青筋鼓凸，声嘶力竭地吼叫道：“朱莉，你他妈的也是疯子啊！”

我颓然地松开手，对潘侯说：“老潘你放开他吧。”

潘侯说：“不！”

男人急了，丧心病狂地朝着潘侯的脸啐了一口：“松了，你这个白痴，松了！”

我超越了对自己的估计，毫不迟疑地一拳打向男人的嘴，反而像是被咬了一口，我感到自己的拳头一下子没了。

朱莉呻吟了一声，哭叫道："都不要打呀，我们认识……"

我甩着手向潘侯嚷嚷："你听到了，人家认识，你松手！"

潘侯说："不！"

我吼道："你真是个白痴吗？ 松手！"

潘侯一下子松懈了。 他扭头就走。 我还保留着一个怒吼者的造型。 我知道他是想要离开，却只能眼睁睁地看着他撞在一根柱子上。 他的步伐迅疾无比，就像发射出去的一样，我根本没有机会拽住他。 这一下撞得真是猛啊，潘侯居然向后一屁股坐在了地上。 人群哄然大笑。 潘侯四仰八叉地坐在那里，歪着嘴唇，是一个沉思者的模样，肿起来的眼眶让他像极了一头琢磨人事的河马。

回去的路上潘侯走得东倒西歪，像喝醉了酒一般步履散乱。 他刚刚迈进一个陌生的世界，就被这个世界搞乱了步子。 以前他即使是迎着墙壁而去，步伐也从来没犹豫过，总是高视阔步、一往无前地向着一个方向坚定地跨出去。

朱莉在一旁边走边哭。 朱莉的哭泣同样让我感到意外，就像当初我第一次看到潘侯的眼泪一样，朱莉这个明晃晃的女生在我的意识中也从未和泪水联系在一起，她也是一团化合物，但组成元素中并没有情感之类的成分，没有两个氢元素和一个氧元素那类的玩意儿，所以形成不了水。 那么，此刻我是否可以将朱莉汹涌的泪水与情感联系在一起，将此看作是她爱着潘侯的一个确据？不知为何，一这样想，我就更加暴躁。如果正视自己的内心，我得承认，我更愿意把朱莉永远当作一个深谙物质守恒的女生。

朱莉哭得顽强。我似乎没有资格去训斥她，但我有种说不出的痛苦在发作——不合脚的破皮鞋，粉红色的粗糙舞票，凹凸有致的物理系女生，被啃了一口的手，这些从出门起就追着我咬的愤懑情绪终于集中爆发啦。

潘侯原本的世界里只有呼吸，而他即将进入的这个世界，对不起，妈的全是老鼠药。我跳到路沿上——这样能让我在高度上处于一个比较有利的位置——开口向老潘灌输起这个世界的基本图景：想要点儿新的方向感吗？那么兄弟，刚才的这件事你错了，这很滑稽，人是自私的物种，应该学会变通，不要把自己置身于无谓的激荡之中，否则只有被人当作白痴一样地往脸上啐口水，丧失掉尊严，成为别人的笑料……

无谓的激荡之中——这么说老潘就变成了汪洋中的一条破船，而我重新夺回了一个监护人的权力，得替他掌掌舵。那一会儿，我哪能意识到这些话隐含着多少幽暗的苟且，归纳起来不外乎：既然这个世界全是老鼠药，人就有理由怀疑一切馒头和面包。

我说得兴起，在夏夜里汗流浃背地慷慨陈词，傲慢极了。毋宁说我是在自我排遣，被新皮鞋折磨着的脚都舒缓了不少。

当老潘被我说出了一副唯命是从的模样后，我转而影射身边的朱莉，指桑骂槐地讲了一通“红颜祸水”之类的格言。 朱莉只是哭，居然哭得我颇有快感。 后来她突然像是被重锤当胸猛击了一下，抱着肚子蹲在路边再也不肯起来。起初我以为她是悲伤过度了，甚至还含有表演的成分，所以不耐烦地在一边继续聒噪。 但过了一阵却看着不像是那么回事。 这个女生的确是被空前的绞痛袭击了，她上气不接下气地蹲在那里打着泪嗝，没完没了，好像随时都有晕死过去的可能。 我的恶意渐渐散去，意识到了点儿什么，但也似懂非懂，只能束手无策地干看着。 潘侯置身事外，目光茫然地对着无尽的黑暗望出去，仿佛面前的虚空中写满了晦涩莫测的公式。 朱莉蹲了好久才窝着腰站起来，就这么一路抱着肚子蹒跚而行。 潘侯目空一切，始终神游天外。 我突然变得万分沮丧，像个俘虏一样灰溜溜地跟在他们后面。 在路灯的照射下，我看到朱莉的红裙子上洇出一大团深色的污迹。 在我眼里，仿佛这个女生正在变成一块铁，仿佛这块铁正在剧烈地生锈，仿佛那条红裙子下正在进行一场化学实验，硫混进了磷，或者锰遇到了汞什么的。

后来我当然搞明白了，那天夜里的朱莉原来是在痛经。

我想我的教导对潘侯起到了作用。 鉴于我教会了他一次“向左”，他就把我当成了一部可资信赖的教科书。 这以后老潘日益像一个正常的人了。 上课的时候他基本上能够找到自己的位子，捧着一只大饭盒自己去食堂进餐，中规中矩地排在队伍的后面。在爱情和现实这两只一软一硬的大手调教下，他开始变得缓慢，十拿九稳，每走一步都小心谨慎的样子，不再奋不顾身，不再亡命飞奔，连尺寸都没有那么大了，好像缩了一圈。就是说，他不太像老潘了，有些像潘老。

大家公认这是我的功劳。学校给了我一个“优秀学生干部”的荣誉。王秘书亲自来学校见我，暗示潘侯的父亲很器重我。不是吗，换了谁对此都会有些蠢蠢欲动吧。

而且这番暗示很快就兑现了。大四一开学我就被分配到团省委开始了实习。潘侯和朱莉还来看过我一次，他们已经到了形影不离的地步。有传言说朱莉最终会被分配到最热门的单位，尽管她离毕业还有两年的时间。他们坐在我的面前，不知为何，隔着一桌子的文件和报纸，我怎么看都觉得这两个人的状态有些不可捉摸的垂头丧气，连得偿所愿的朱莉都显得有些落寞。

是什么让我产生这样的感觉呢？直到几天后我在办公室里被一把椅子撞青了膝盖，才恍然大悟。原来那天在我这间逼仄到难以落脚的办公室里，老潘他居然如履平地。他进得门来，至少需要穿越两把椅子、一张桌子、一只老式的木头脸盆架、一个古董似的文件柜，才能落座在我的眼前。但是他却带着出色的空间感成功地绕过了这一切陷阱。他走得太自如了，寸进尺退，在我的感觉中，反而丧失了那种明快的披荆斩棘的虎虎生气。

这时我谈起了有生以来的第一次恋爱。对方是外校派到团省委实习的一个女生，当然也是个“优秀学生干部”，胖乎乎的，还戴着副眼镜。我们有幸被分在了同一个部门。许是“优秀学生干部”的大学生涯都有了致命的亏欠，我们两个真可谓是一拍即合，转瞬就在单位提供的临时宿舍里彼此借助了对方。那些个日子啊！汗水、体液，混杂着机关里才有的那股子严峻气味，囊括了我们青春垂死挣扎般的最后的一丝孤独。

情绪稍稍稳定的时候，我定神思忖，自己是否真的身处一场爱情之中，答案是：断乎没有。胖姑娘想必也和我有着同样的觉悟。她横陈在我的身边，全身赤裸，但依然架在脸上的那副眼镜，仿佛就是一个“有所保留”的象征。敦促我们这样躺在一起的动力大致相同，那就是，眼看大学时代行将终结，青春行将散场落幕，彼此不免就下了要“捞上一把”的狠心。一切不过借着爱情的名义。但是上帝做证，每当我们高潮退去的那一刻，我胸中涌起的凄凉又与我所认为的爱的滋味何其相似。那种只有曲终人散时刻才会升起的落寞与空寂，仿佛一座弃园，忧伤反而得以葳蕤凶猛地生长。这样的滋味使得我们自觉地克服掉那种事后必然的沮丧乃至厌弃，打起精神，用一种体谅的态度继续将对方拥在怀中。

我想说的是，当我第一次进入那条温润的通道时，仿佛终于在跑道的终点完美撞线。 那条灼亮的弧线又一次被我体验和看见：微微震荡着，不受重力约束，光波一般悬浮在半空。 那份不期而至的自由从天而降：它不是我们想象的那样酣畅淋漓，它没有那么霸道、蛮横和粗鲁，而是宛如一个婴儿般令人疼惜。

而且天啊，如果再将我拷问下去，你们就会知道，在那一刻，我还想到了朱莉。

不久就发生了那件大事。

王秘书在一个深夜打电话给我，让我马上赶到潘家。 单位居然因此给我派了辆车。 当我赶去时，潘家灯火通明，像一个临战的指挥室。 但潘侯半小时前已经成功地冲出了那幢壁垒森严的俄式大院。 他击碎了玻璃，从两层楼上跳下来，风驰电掣般地摆脱了几名哨兵的围堵，消失在了茫茫的黑夜里。

对于这个事件的发端，西大有着一致的说词。

他们说那天傍晚潘侯和朱莉去那座废弃的教堂是为了偷欢。 尽管潘侯已经日趋“正常”，尽管他庞大的肉身必然也有“捞上一把”的需要，但我仍然难以相信他会在那片上帝的废墟中让身体复兴。 直觉告诉我，在那里，他只会热忱地对着朱莉朗诵“歪着嘴唇十分难受”。

他们从废墟中走出来时，四个男人拦住了他们——只有这段话是无可辩驳的事实，下面的情景我依然需要依靠自己的直觉来呈现。

四个男人用匕首逼过来，他们让潘侯滚蛋。世界瞬间错乱。最初的一刻，潘侯下意识举起了自己的左手。但致命的是，那本该攥紧抡出去的拳头，却变成了具有指南针性质的参照物。朱莉后来告诉我，那时的老潘有种分裂般的撕扯感，他的头脸在痛苦地左右摇摆——朱莉用她的专业术语形容道："像不断切换的电路。"最终，一个他所信赖的兄弟的教导占据了上风。我一再试图用污秽来擦亮老潘的眼睛，给他导航，殊不知把他引向的是一片荒芜。他有了方向，只能够采取这样一个条件反射般的姿态：把左手举在眼前，然后响亮地呼喊着数字，像钟表上的指针一样精确地飞奔而去——向左！向左！将自己拽出肉体……

某种意义上讲，潘侯在这个事件面前做出了最符合一个正常人的选择，他懂得了退却，并在"无谓的激荡之中"选择了逃窜。这个逃窜的理论和逃窜的方式，都是我教的。但他那令人咋舌的禀赋显然没有余力甄别这里面的凶恶。据宿舍里的其他人说，当天老潘跑回来后，一直缩在被子里蒙头大睡，让人一点也看不出有何异样。就是说，朱莉原本还是有机会的，潘侯至少能去喊来救兵，但是好了吧，和一个"雨人"相爱，她就要付上常理之外的代价。

第二天中午警方送来通知，朱莉被四个男人挟持到教堂的废墟里轮奸了。更加不堪的是，原来这四个人中还有一个是朱莉在社会上认识的熟人。

好事者飞快地将这个消息塞进了潘侯的耳朵。那时他依然缩在宿舍的被子里。几个室友议论得上气不接下气，直到潘侯直挺挺地坐了起来，他们才大吃一惊地发现，原来这个人早上都没有去上课，一直在被子下藏了十多个小时。露出头来的潘侯立刻和这个世界诀别了。他从架子床上跌下来，用头而不是用身体，目标明确地向着地面栽去，只一下，就陷入了昏迷。这个“雨人”回到了他的勇捷和无畏，没有再如同一个正常人那样泪水涟涟。

潘家的人闻讯而来，把他抬回了家。但是他一苏醒过来，就坚定不移地用那颗大头去撞击一切坚硬的东西。他憎恨他能够看到的一切。王秘书在情急之下想到了我，可我还是来晚了一步。

潘家动用了一切力量，大批身份不详的人云集在那座俄式大院内。命令和指示发布下去，由于力度太大，反而使得反馈回来的消息过于芜杂，结果花了巨大的精力一一落实后却都扑了空。两天后，最可信的一条线索来自西郊。有个起早到地里劳作的农民证实说，他在当天清晨看到过一条大汉从田间飞奔而过，外貌、衣着和潘侯都能对上号。

“遇到鬼咯！ 这个人一路跑一路哇哇叫：火——火——火——”农民打着手势，做出疯癫状，诚然是在模仿一个疯子，“我还以为哪里着火了哩，向他喊哪儿呀哪儿呀，可他一溜烟就没影啦！”

看来是没错了。

我已经在潘家守了两天两夜。是王秘书要求我这么做的，他的口气让我感到如果拂逆他的意思，我这个穷学生就得冒着和整个世界对抗的风险。且不说对于潘侯的牵挂，这时让我也击碎玻璃跳楼而去，我是一定做不到的。

潘侯的父亲沉郁地立在楼前的台阶上，讲了一番类似动员的话，大队人马便出发了。形形色色，这支队伍足有二三十人，开着七八辆车。带队的是王秘书。令我吃惊的是，我居然在同车的一个警察不经意暴露的腰间看到了枪。在我眼里，这把枪让此番行动的性质变成了一场围捕，而老潘则悲剧性地成了一头苍凉的困兽。

那时候城市远没有今天这样臃肿，出城几里就是散落的村庄。而这样一支车队，也称得上是兴师动众。我始终有种梦幻感。当我坐在车里闭上眼睛的时候，毫无道理，有一条似曾相识的小狗撒着欢向我奔来。它跑得心花怒放、眉飞色舞，两条后腿几乎都要从胯上甩出去了一样，可就在即将投入我的怀中之际，却突然倒地，肚皮圆圆的朝着天，一命呜呼。我仿佛沉睡了一场，醒来后恍然记起，这条命运多舛的小狗曾经被我和老潘谈及。

队伍出了西郊一路撒网，很快就在一个村子得到了确切报告。当地村民遇到了潘侯，他向人家讨水喝。我们赶过去时，村民指着远方一片高粱地说：

“走啦，大概还没走多远。”

我从这句话里看到了潘侯的处境：他是在走，不是在跑。他已经精疲力竭。

那片足有一人多高的高粱地一望无际，将天边染出一种结核病人脸上所特有的潮红。风吹草动，成熟的穗子宛如一把辽阔的大扫帚，从容地扫荡着低垂的天空。当地政府的领导早早就到了，随即发动村民协助我们，呈扇面向着高粱地的纵深开进。

这片高粱地远看是一回事，近看又是另一回事了。我觉得它们简直就是一个军团有着共同意志的士兵，纪律森严，僵直而又莽撞地站立在眼前，深入它们，简直就是挑衅和冒犯。大多数村民并不明白自己在做什么。但他们似乎印证了我的想法，把此事赋予了战斗般的激情，几乎人人手里都握上了武器：锄头、砍刀，最不济也是一根浑圆的棒子。王秘书似乎无意于纠正大家的错误情绪。他显得有些神不守舍。两天来这件事在潘家造成的震动几乎让他一个人背负了。我从未置身过这样的队列，混迹其间，自然有股赝品般的忐忑和恍惚。我多少可以理解王秘书，也许当他打盹的某一刻，脑子里也会像我一般跑出小狗之类的莫名往事，并且变本加厉，他还会对着这些莫名之事下达命令说：

“搜！”

午后的田间蒸腾着一股沉闷的地气。成熟的高粱更是有股发酵一般的酸味，几乎要令人生出醉意。这么多人撒进去，就像一把盐扔到了沸水中，顷刻便被农作物吞没了。虽然身边有着这样一支大部队，但闯进这片密密匝匝的高粱地的瞬间，孤独感便立刻包裹了我，仿佛天地间只有自己在徒劳地跋涉，孤军奋战，从密不透风的境地里努力地钻出去。我一度甚至绝望地认为，自己也许永远都出不去了。周边窸窸窣窣地响作一片，起初这声音还是四下有人的一个确据，但逐渐，它们就混成了天地本来的声息。这种声息没有准确的象声词可资形容，不是哗哗，不是唰唰，如果非要有个说明，只能勉强称为“哗唰哗唰”。

哗唰哗唰。一切如此漫长，一切似乎永无止境。我渐渐不能确定身处的现实，我想，我可能只是像条小狗般奔波在某个庞然大物的梦境中。

就这样摸索了很久，当我已经彻底忘记了此行的宗旨时，抬头就看到了潘侯。

他离我不过几步之遥。高粱的枝叶凌乱地分隔着我们，阳光被它们摇碎，在我们之间这个局部的微小世界动荡地跳跃着。我没有一丝的震惊与激动。仿佛我们早有约定。仿佛我这一路的跋涉就是在走向这样的一个局面。潘侯也如我一样的宁静。他逆光而立，不动声色地站在几步之遥凝视着我，嘴里衔着一根草，额头上布满乌青黑紫的撞痕，双手插在上衣口袋里，而那件条绒上衣几乎已经成了一团烂布。他的眼中并没有一个被追逐者的惊恐，反倒有些气定神闲和慢条斯理，好像他躲在高粱地里不过是为了方便一下，而现在也已经一身轻松地得到了释放。天地的喧哗顷刻废去，我只听到他鼻息中那马儿般的轻嘶。

我们就这样对视着，直到潘侯的眼里渐渐浮上了诘问和质疑。

那种无形的力量在向我们压迫过来。毫无余地，我只能迟疑着举起了自己的左手，放在眼前，致敬般地向着潘侯示意。身后那股凶恶的力量和老潘逐渐谴责起来的目光都在勒令我做出如此的选择。带着一种挽回和偿还的心情，我那尘世的逻辑已经破碎。我的立场和脚跟，在溃败般地动摇。潘侯即刻看懂了这个手势。他依然望着我，开始向后倒退，然后转过身，再一次回头望了我一眼，脸上浮现出一种近乎嘲弄又如同善意揶揄的笑容，随即拔腿訇然而去。

世界顿时恢复了它的嘈杂。高粱们齐声呐喊，犹如怒涛。有人跟着大声叫嚷。那个警察从我身后蹿了出来，完全是虚张声势，他竟然将那把枪高高地举在脑袋上。四面八方都拥出亢奋的人。他们呜里哇啦地狂呼乱叫，个个奋勇当先，朝着潘侯逃逸的方向追去。之前大家还都本着爱护庄稼的心意，但此时却不管不顾地大面积践踏起来。高粱们中弹一般成批成批地相继倒下。我木然枯立，仿佛处于弥留之际，高粱的秸秆鞭笞一般扫打着我的脸。众声喧哗之中，我能够准确地区分出潘侯的脚步。只有他那兽蹄蹴地般的脚步声目标明确，毫不动摇，渐行渐远，在我默数到 200 步时骤然遽转，就像收音机突然跳台，换了个毫不相干的频道，朝着左面绝尘而去。于是南辕北辙，那些杂沓的脚步被晃在了一边。当他们再次调整好方向时，这个“雨人”在他的路径中衔枚疾进，已经风卷残云般地从大地上掠过，就此失去了踪迹。

搜寻潘侯的队伍无功而返。一路上王秘书的脸上愁云密布。这个精干的秃顶好像看出了什么破绽，一有机会就偏执地盯住我，发出大有名堂的喟叹，仿佛在翻来覆去地提醒我错失了多么宝贵的机会。我认为这个人和我一样，都崩溃了，他不但无法邀功，而且无法交代，怎么会在眼皮下活生生地弄丢了猎物。他该怎样才能让大人物们明白，追捕一颗方向感与常人迥异的心，就好比是捕风与捉影。尽管他的确是尽职尽责了，率队继续又向西搜寻了几十公里。

进城后我要求中途下车。使我感到难以理解的是：这支车队在我身后隆重地停了好长一段时间。我一个人往前走，但能够感觉到以王秘书为首的几十双眼睛颇为哀怨地在背后目送着我。这让我几乎走成了一顺子，手和脚都不知道该如何安顿。王秘书什么意思呢？这是按照他职业经验的常规办呢，还是他特别赐给我一个仪式，用以哀悼我这个年轻人就此逆转的命运？风卷着树叶打转。空气中全是尘土的腥味。当年的路人和今天的路人毫无二致地在街上来来往往。我竭力避免着那种想要席地躺下的愿望将自己当街撂倒，一边饯直地走，一边倔强地吹起了口哨，吁吁啦啦，节奏拖沓得难以成调。

几个女生中的积极分子陪在朱莉身边。我形神涣散地去医院看朱莉，她们见到我，就像见到了所有猥琐的男性一般，同仇敌忾地鄙夷着我。朱莉蜷缩在白色的被子里，就像包裹在一堆单纯的不幸当中，两颗颜色本来就很淡的眼珠几乎已经完全成了透明的。她长久地保持一个动作。我发现，那是因为稍一动，就会有大量的眼泪流出来。经历了一场浩劫，她的眼眶成了一个盛满液体的容器，稍微倾斜，就会流溢。直到这个时候，我依然认为潘侯才是这个事件最大的受害者。不同程度，我和朱莉都有着教唆与加害的嫌疑。尽管此时的我差不多有愿望去宽恕包括自己在内的一切人。

我好不容易理出点儿头绪，打起精神对她说："朱莉你不要恨老潘，他不是我们这个世界的人。"

说完这话，女生们控制不住地嘘起来。我猛然觉得这间病房正悬浮在世界的另一头。

朱莉却笑了，昙花一现，从肉体的戕害中飞离。她先是辨认了一下灰头土脸的我，然后身体保持不动，手臂难度极高地屈伸在枕头下面摸来摸去，却一直摸不着要拿的东西，于是向上挺直身子，露出了半只乌紫的乳房，最终才亮出了那本黑壳的笔记本，塞在我手里。

"我怎么会恨他呢？"朱莉就这么惊讶地反问着我，语气像是在嗔怪一个对浅显常识都很无知的顽童，她拖长了声音，循循善诱地对我说，"我——爱——他。"

说完她瞪大那双透明的眼睛去寻找女伴们的目光，似乎要为我的无知而向她们致歉。 结果那几位大义凛然的女生反而纷纷躲避着她的扫视。

我抱着那本黑壳笔记本从病房里出来，整座城市被灰蒙的黄沙笼罩着。 这个本子我惦记已久，如今打开，我在它的扉页看到了这样几行献词：

我总是向着坚硬撞去

有一天我撞向了你

从此世界打开了一道柔软的缝隙

在漫天的黄沙中，就像那天夜里的朱莉，我也终于抱着肚子蹲在路边痛苦得不能自已，就像硫混进了磷，或者锰遇到了汞什么的，我的体内也化学反应般经历着那种无以复加的瓦解和裂变。 我的影子软弱地跌落在地上，年轻但已经混浊。 我恐惧地发现，就在我的面前，我的青春已经瘫痪了。我年轻的身体里已经有了尘世的痼疾，习惯于把无限丰富的生命归纳到几个庸俗的公式里，对别人和自己的爱情都充满了低级的怀疑，在还未迈出校门的时候，就怀着离丧的心情，只相信了欲望与诡计。

二十年的时间可以改变什么？ 朋友，敌人，交错的阳光和云影，万物熙熙攘攘，如果没有被记录在潘侯的那本黑壳笔记本里，那些先前的或是末后的，最终都会蒸发在子虚乌有的岁月里。

——而谁会在这个世界为我们数算日子?

我留在了西大。当我在那片高粱地里向潘侯举起了左手时，就已经与这个世界的坦途作别了。大客厅、钢琴、枝形吊灯之类的美梦当然与我无关了，更遑论什么沉默的保姆，那简直就像是一个讽刺。成排的书柜倒是弄到了手，不过却因此更加压迫了我栖身的空间。潘侯让我所经历的一切，使我过早地感受到了造物的严酷与神奇。这很要命。我认为差强人意，自己能够比较正确地教育我的学生，提醒他们别老想着大客厅之类的玩意儿，这只会让你失望。

依然是上天作弄，朱莉成为我的妻子，当然，你也可以将此视为如愿以偿。我们有了自己的儿子，学会了接受和承受。有时不免也会萌发逃之夭夭、浪迹天涯的念头。飞机我们还是没坐过，不是坐不起或者没得坐，实在是因为在这个世界没有一块地方值得我们爬上云端——飞过去。

那片上帝的废墟已经被改造成了闪烁着欲望火焰的酒吧，但是依然有鸟在它高耸的尖顶之上盘旋。那些天空上的事物依然如故。

我第一次见到潘侯时，他除了将我定义成为一个唐朝人，还将我概括成“忧郁”。这一点，回想当日的情形，我自己都找不到凭据。我忧郁了吗？似乎没有。但是，当我读到潘侯的这一段记录时，毫无余地，只能顺从在他的定语里。仿佛一切并不以人的意志为转移，当你在一个“雨人”

的眼里是忧郁的人时，你就必定无法转圜地忧郁。

而朱莉在潘侯的笔下，最多被冠以了：谜。多年来她一直被痛经所困扰，这个“硫混进了磷，或者锰遇到了汞什么的”顽疾，在我眼里，好了吧，也宛如谜一般可畏。

我们当然会时常想起老潘。在我的想象中，这个人当然是在栉风沐雨。朱莉很少做抽象的评述，这个如今只穿平底鞋的中学物理女教师，安静地活在由记忆延续而来的当下之中。就是说，朱莉成为今天的朱莉，是历史原因形成的。

我曾经带着朱莉回访过那片高粱地。初冬时节，收割后的土地满目疮痍，覆盖着一层薄薄的白霜。一切都被抹去了，让我的记忆都变得十分可疑。我从未对朱莉提及过，那天在这里其实我原本可以把老潘给她带回来。因为对此，我自己都渐渐没有了把握，不能肯定地说出，这不是出自我弥留时刻的呓语。同时，面对着朱莉，我当时的动机，也经受不起这样的拷问。

每天清晨我们都一同在校园的操场上慢跑。我不止一次想要突然发力，但身旁的朱莉一次又一次以她历史原因形成的冷凝矫正了我的步伐。我们就这样雷打不动地跑了将近二十年，我也慢慢觉得这个朱莉，嗯，是挺矫健的。

潘家没有停止过对潘侯的找寻。一度，在我们这座城市的政界，散布着这样一个传闻：只要你能找到某一位失踪者，你便会得到隆重的提拔。但我已经被隔绝在这件事情之外了。这件事情于我，永远只限定在了虚拟的意义里。

我在一张虚拟的大幅地图上追踪着潘侯行进的路线。众所周知，面对着地图，我们的左边是西方，他就这样一路向西漫游。我那想象中的红色铅笔一路向左、向左地拐出去。我想知道在红色铅笔的箭头抵达终点之前，是否会有那么一个瞬间与老潘的步履重合在一起。倒是校门口潘侯留下的那只足印，部分满足了我的这点臆想。它差不多已经被磨平了，更多的只是在我的记忆里栩栩如生。有时我趁着四下无人，就会将自己的一只脚踏入那个足印。那时候我通常是有些鬼祟的，举起的那只脚试水般地落下去，浅尝辄止，稍有感触便飞快地收回来。我是真的像一个老家伙一样，害怕自己这一脚踏进去后，就跌进颠沛流离的壕沟里永远回不来了。那么我是在凭吊或者缅怀什么吗？不是。我只是怏怏地表达一下自己的抗议。至于抗议的对象为何物，列举起来就颇费踌躇了。

我常常会生出潘侯就在附近的念头，和我隔了一条街，或者就在人行道拐角的另一端。为此我常常在大街上被一些擦肩而过的流浪汉所吸引，只要他雄健高大。我发现，在我们的城市里这样的人物还真是不少。某一天我情不自禁尾随这样一个人物到了一家小旅馆，他进去了，正当我准备离开时，他却从同一扇门又走了出来。此人刚才一身褴褛，转眼却衣冠楚楚，判若两人。为了让自己平静下来，我险些进到这家小旅馆登记一个房间稍事休息。但我没这样做。我怕自己从这个魔术盒子里钻出来时也变得面目全非。

有一年校庆，学校征集来大量的老照片搞展览，一位当年的有心人提供了一张珍贵的照片。在这张照片中，若干位油头粉面的小老头和穿着裙子的小老太太坐在那间曾经名动一时的小餐馆里，各自安静地面对着自己眼前的豆腐白菜。毋庸置疑，画面的中心正是当年的潘侯。他侧坐在镜头最边缘的角落，却理所当然地统摄着画面的精神气质。当年的老潘坐得直挺挺的。多么令人惆怅啊，在他的比照之下，这张黑白照片中所有的年轻人，都是如此的苍老。

前年我带着学生们去邻近的一个县实习，县委书记拨冗接见我们。当这位地方首脑出现的一刻，我几乎要在瞬间失控。他大步流星地向我们走来，在我眼里，全是潘侯的音容笑貌。他只差撞在墙上了，正是因为这一点，才没有令我失态。他叫潘伯，原来潘侯还有这样一位孪生的兄弟。这位兄弟就像他们的父亲一样，让人在其面前总是有种被宽大了的滋味。我成功地克制了自己，没有在其后的酒桌上向这位潘伯去打听那一位潘侯的消息。但我不能不想起我的老潘。显然，如果老潘也能大步流星且毫无阻碍地行走在这个世界，他的道路也必将是顺达与通畅的。

但是老潘你原谅我，我还是愿意将你定格在栉风沐雨的路途上：那本你遗留下的黑壳笔记本不久就被我填满了。我找了外观大致差不多的本子继续写。我尽力模仿着你的语速和文风，但是里面的差别却是心知肚明。当你将我记录成“唐朝人”时，绝对没有幽默的意思，同样，当你记录某人望天而“天上有云”时，同样也没有抒情的念头。你只是在勤奋地记录，没有哲学野心，不过是给这凌乱的世界定定位，本着与之建立起一座桥梁的恳切。而对于我这个学中文的，提起笔来先要杜绝虚构，杜绝幽默和抒情，实在不易。何况，当我耽于这样的记录时，更多的动机是出自遁离。我所做的，不过是给自己整理出一份索引，按图索骥，好让自己逃逸到世界的背面。于是，如上事实这样进入了我的黑壳笔记本里，他们就此也会如同那条我们曾经谈及的小狗，在不经意的时刻，被我们悒郁地想起：

某日，流浪汉，小旅馆，摇身一变。

某日，校庆，照片，苍老。

某日，县领导，言笑晏晏，酒量很大，酒后憔悴。

浮想中，二十年后，当潘侯再一次站在我面前，他一定毫无改变，穿着条绒外套和懒汉鞋，双手插在上衣口袋里，嘴唇不自觉地挛缩着，仿佛随时要吹起口哨来的样子。他开阔的额头保持着勇于撞向任何一面南墙的坚实质地。这个上帝遴选出来的孩子终获全胜，他活在时间的褶皱之外，不受岁月的拨弄。

我们面对着面。校园里从来没有像此刻这般阒寂，宛如一座渺无人烟的空城。

这个从天而降的人告诉我，他一直在奔跑，跑了无数个200步。

“知道我是怎么找回来的吗？”他举起自己的左手，响亮地说，“向左！ 向左！”

还是众所周知，一个人这么一往无前地跑下去，必然会跑回自己的起点。 地球啊，是圆的。

“你别站在风里头！”

他突然严厉地断喝了一声，仿佛要把我从现在解救出来。 仿佛我这么百感交集地看着他，这么心照不宣，这么眼巴巴的，就是在等待他给我鼓气，帮我跨出这一步。 有那么一阵子，我真的看到了有一条灼亮的弧线温柔地横亘在我们之间，也真的感觉到了那种即将濒临的自由。

但我该怎样才能蓄积出那股冲刺的决心？

真让人伤心，我这个学中文的，尤其在日益成为一个学中文的老家伙后，只能以这样的方式结束我的回忆：不过将一切写成了一篇寓言。 而在所有的寓言里，岂不是总有这样一些人，只能如此不合时宜地相继到来与离去。

所有的故事

今夜我梦见了金斯伯格，他向我讲述垮掉的生活。

——娜夜

A

我被医院派往外省完成一个合作项目。上火车前，我照例和庞安小聚了一次。说起来你可能会觉得有趣，庞安这时候已经是我的前妻了。我和庞安离婚后，彼此之间反而滋生出某种温和的亲密，经常会聚在一起，或者吃顿饭，或者是一同在医院的林荫道上散散步。我们之间的这种关系，当然引起了同事们的好奇心，每当我和庞安并肩出现在大家眼里时，他们难免要在背后议论纷纷，尤其是在我们这对前夫妻的身边，通常还伴随着庞安的现任男友管生。这样的组合不免令人瞠目结舌，大家当然难以理解。大家不理解就不理解吧，我们已经基本上不苛求生活中会有什么额外的理解了，而且话说回来，其实连我们自己，对这样的局面也是难以理解的。

时间还早，我、庞安和管生，我们三个人坐在火车站前的一家茶楼喝茶。说起我此行的目的地，管生突然想起来三年前的往事。管生说，上次你就是被派往兰城的啊，这么快，一眨眼就三年了。我看一眼面前的庞安，发现她的瞳孔在一瞬间收缩住，又骤然扩散开。庞安神情的变化被我捕捉到了。我是眼科医生，对人的眼睛总是不自觉地保持着偏执的注意力。我也被管生的这句话打动了，某种对于时光、对于生活的叹息，水一样漫开，使我不能够区别从前与现在。我几乎觉得时间在这一刻发生了逆转，它轰轰隆隆地倒流了回去——庞安依然是我的妻子，我们此刻不是坐在火车站前的茶楼里，而是坐在自家的阳台上，依然如同昔日一般昏昏欲睡地晒着太阳。三年的时间本来并不足以令人唏嘘，两次兰城之旅似乎也构不成神秘的巧合，但是你要知道，三年前，我正是从兰城回来后和庞安离的婚。这样你就该明白了，是我和庞安的生活，赋予了时间和旅行额外的意义。本来我们似乎已经遗忘了，但是管生旧事重提，这就让气氛突然变得凝重起来。管生也觉察到了，大家都安静下来。

庞安就是在这样的气氛下对我说出乔戈的。她让我到了兰城后，去看望一下她的这位大学同学。这是我第一次听到乔戈的名字。非常奇怪，当我听到这个人的名字后，居然有种嫉妒的感觉。要说嫉妒，我更应该嫉妒的，大概是眼前的管生吧，可是你看，对于管生，我没有任何的不良情绪，我甚至觉得这个小车司机人很不错，一点也不令人反感。那么，是什么让我对一个陌生人的名字产生出了奇怪的妒意呢？我想这和我们眼下的气氛不无关系，还有，就是庞安说到乔戈时的神态了——她在凝重的气氛之下，神态也不无凝重地对我说，到了兰城，你替我去看望一下乔戈。我觉得庞安的语言似乎有些问题，她使用了“看望”这个词，在我听来，总觉得有些别扭，让我下意识里就会觉得，我将要“看望”的这个乔戈，是个卧床不起的病人。但仔细琢磨，我又觉得其实“看望”也并无不妥。总之，乔戈这个名字让我心绪不宁。

本来还早的时间，却在我不宁的心绪下发生了神奇的变化，我都不知道是什么缘故让本来充裕的时间突然变得仓促。后来我们手忙脚乱地冲进站台，当我找到自己的铺位，扑向车窗向他们挥手作别时，火车已经开动了。庞安在月台上神情凌乱地向我不住挥手，我看到她哭了。是什么让她的眼泪汩汩流淌？

我的对面坐着一个女孩，她居然抱着一口大鱼缸上了火车。这口鱼缸就摆在我面前的茶几上，它太大了，让人无端地担忧，生怕它随时会被运行的列车晃下茶几。所以，当我气息稍稍平缓下来后，一眼看到这口鱼缸，心情不免一阵紧张。结果是鱼缸里的那条锦鲤安慰了我。它有一尺多长，花色似锦，背脊笔直宽阔。这条体态优雅的锦鲤仿佛凝固在那口鱼缸里，它一动不动，却又生机勃勃。在我看来，这简直是个奇迹，我不能相信在我的眼前会发生这样的事情，那就是，一切居然巧合到虚诞的地步。要知道，三年前我自己也是养了那么一缸锦鲤的，我曾经对其中的一条锦鲤格外地赋予了一些神秘的象征。结果它死掉了。随着它的死亡，我的生活也改变了，最显著的一个后果就是，我因此和庞安离了婚。我还记得，三年前我去往兰城之前，曾经这样叮嘱过庞安：照顾好鱼，万一停电，就换换水，这样它们才不会缺氧，天气这么热，嗯——你也要照顾好自己。

眼前的这条锦鲤让我联想到自己的生活，这几乎是必然的。我半躺在自己的铺位上，那神情，一定是符合一个独身旅客应有的落落寡合吧。透过眼前那口鱼缸，我可以部分地观察到对面的那个女孩。女孩的脸透过水和玻璃的折射反映在我眼里，当然是光怪陆离的。她的脸颊恰好在鱼缸鼓起的那部分缸体后面，因而夸张地向两边膨胀着，说是如同一只蛤蟆，也真的是恰如其分。但是当她的眼睛处在那个鼓起的部位后面时，我不禁又感到一阵巨大的心酸。我看到她的眼睛骤然放大，大到一种无辜的地步，那种突如其来的茫然，真的是令人心生凄凉。我一度想要探起身子，把这个女孩的真实面目看清楚，但是立刻又打消了念头。如今我已经没有足够的热情去搞清楚一个女孩子的相貌了。我安静地倚卧在自己的铺位上，像一条苍老的狗，回忆着其实并不算久远的往事。

三年前，春天的时候，我决定养一缸鱼。这个想法是在一个午后产生的。那时候我照例和庞安躺在家里的阳台上晒着太阳。这个习惯我们保持了很久，几乎和我们的婚龄一样长。这看起来是有些古怪，喏，一对年轻的夫妻，却习惯于在午后各自安静地睡在躺椅里晒太阳。你可能会指出这是因为我和庞安之间缺乏激情，你若真的这么说，我也无从辩解，我还要庆幸，你说的只是“激情”，并没有严厉地说出“爱情”。如果你说我们之间缺乏的是爱情，毫无疑问，我将更加无言。让我无法开口的，并不是这个判断的准确性，是因为这个判断的大而无当，它太虚无了，我无法否定也无法肯定。事实上，我和庞安的感情一直不错。说一些细节，你恐怕会不信，比如，我们可以整整几个小时地拥抱在一起，什么也不做，只是抚摸着彼此的头发。所以，我更加愿意把我和庞安之间的问题归结在缺乏激情上面，这样问题就简单了。我们都是医生，不免就都有着医生特殊的癖好与气质。而且，作为医生，我们深谙阳光对于人的重要性。阳光对于人的意义，一定不会比爱情重，却也一定不会比爱情轻。所以，我们这一对年轻的医生夫妻，双双躺在了午后最充分的阳光里。

我们在午后的阳光里昏昏欲睡。许多斑斓的光跳跃在我们闭着的眼皮里。世界有时候会因为这些光斑产生出另外的意义。有一天，当我从半梦半醒中张开眼睛，却发现窗外阳光收敛，雨水滂沱。并没有经过深思熟虑，我的第一个直觉就是，我们，我，庞安，就是两条寂寞的鱼。是眼前的景象决定了我的感觉。我向着窗外望去，看到雨水从窗子的玻璃上不懈地流淌而过。那一瞬间，我觉得自己的目光就是一条鱼的目光。我一边以一条鱼的目光打量着世界，一边就做出了决定：养一缸鱼。

这个决定突如其来，却又仿佛酝酿已久。

我有了决定，却无从下手。因为我实在不懂得一缸鱼该从何养起。后来我找到了医院的小车司机管生。管生很年轻，却有着一个老年人才有的兴趣与爱好。他热衷于饲养各种花草和鱼类，就是他，向我推荐了锦鲤。我们并肩站在花鱼市场里，管生指着那些华丽而矫健的锦鲤对我说，这种鱼皮实，好养，而且性情温和，所以有个讲究——养在家里，能够令生活中的一切关系在潜移默化中变得和谐。我被管生打动了，以不菲的价格，买下了十几条不同品种的锦鲤。

这缸锦鲤买回来后，我和庞安的生活规律就发生了变化。午后我们不再躺到阳台上晒太阳了，而是双双坐在鱼缸前看那些锦鲤。庞安对这缸锦鲤喜爱有加，其中有一条品种叫“大正三色”的，格外令她着迷。这条鱼的品质不仅仅局限于它漂亮的外观，它有着一种非凡的庄重，几乎总是安静着的，悬浮于水中，可以连续数小时纹丝不动。它的这种风格，不禁让我们联想到了我们之间那种长达数小时的安静拥抱。有了这条鱼的存在，那一缸鱼似乎都变得温文尔雅了。它给那个鱼缸里的世界赋予了一种秩序，并且逐渐扩大了自己的领域，开始暗示与归纳着我们的生活。在我和庞安心里，是把它当作那一缸鱼中的领袖来看待的，而且渐渐地，我和庞安都心照不宣地对这条锦鲤赋予了一些玄秘的象征。后来我觉得庞安的神情都越来越接近这条锦鲤了，有着一种惘然若失的风度。

如今重新提及那条锦鲤，其实并不是我所愿意的。它本来已经成为我个人生活中的一个禁区，说是禁忌也不为过。我从来就固执地认为，生活之中总是充满了隐寓和启示，有些看似微不足道的事物，其实却昭示着我们的命运。我觉得，那条锦鲤在我生活中短暂的存在，已经统摄了我整个一生的秘密。

眼前的这条锦鲤在形象上与我记忆中的那条毫无相似之处，无论色泽还是斑纹，都大异其趣。但我把它看得久了，突然就有一些冲动，很想去和它的主人探讨一番，说一说我自己曾经也是养过锦鲤的。有了这样的想法，我不自觉地就倾起了身子，试图和对面的那个女孩搭上话。

正在这个时候，我们这节车厢的列车员恰好过来了。她一眼就看到了那口鱼缸。我觉得她在看到后似乎克制地惊叫了一声，然后，令我非常不解的是，这个列车员却冲着我发起火来。谁让你把鱼缸带上来的？她指一指我，又指一指鱼缸说，这是危险品！对于她的说法我不能赞同，我不认为一口鱼缸应该被定义成危险品，不由得就要和她去辩论，却忘记了自己其实和这口鱼缸并没有任何瓜葛。它怎么会是危险品呢？我很不服气地反过来质问她。它怎么不是危险品！列车员有些张口结舌，但是她不可能承认自己的错误，因此反而更加生气了，她强硬地要求我，你把它给我弄到车下去！这时我已经认识到这里面出现了误会，但是我不知道该怎样去澄清事实。我侧眼看了看对面的那个女孩，她若无其事地坐在自己的铺位上，一副事不关己的样子。这是个相貌平平的女孩，看起来甚至有些愚蠢。我的这个感觉不带丝毫贬义，我只是觉得她非常青春，青春到都让人觉得有些愚蠢的地步了，那是一种地地道道的颟顸，让人觉得你对她毫无道理可言。面对这样一个女孩，我怎么能把列车员的矛头纠正过去呢？那样显得太不体面了。

我只有换上一副顺从的样子和列车员商量。我说，你看这样好不好，既然已经带上来了，弄下去显然不太好办，我们能不能用其他的办法解决呢？列车员蹙着眉头。我不再和她纠缠“危险品”的问题，这一点也许令她感到宽慰，但是，该用什么办法来解决这口鱼缸，她显然也缺乏思想准备。所以她又反过来问我了，你说呢？

我说？我也毫无思想准备，只好和她继续探讨。我问她铁路上对此有没有什么规定——如果一口鱼缸带上了车，将会被要求怎样处理？我知道这样的规定一定是没有的，于是善意地建议说，如果没有，我们是否可以参照某些类似的规定或者条款来处理？不料我的建议却启发了她。她理直气壮，并有些快乐地说，这就是危险品，我们有规定，超过尺寸的玻璃是不允许带上车的。我想纠正她，说这并不是一块玻璃，但是我终于没有那么去做，她的快乐来之不易，不能再次激怒她了。何况她说得也有一定的道理，想一想，这口鱼缸也的确是有危险品的嫌疑。我态度端正地说，那么你们怎么处理带上车的玻璃呢？没收！她手一挥，斩钉截铁地说。

我真是进退两难。如果这口鱼缸从我的手里被没收掉，无疑将是一件万分尴尬的事情。可是如果我现在闭嘴，把困难转交给它真正的主人，那么我想，我剩下的旅途必将会成为一场漫长的煎熬。我只有硬起头皮迎难而上了。如果它真的只是一块玻璃，那没什么好说的，不过你看，它毕竟还是一口鱼缸吧？我强调说，而且，里面还养着一条鱼！我们能不能灵活一些，比如参照一些其他的规定，对，能不能就按照行李超重来处理呢？说完我就后悔了，我知道，自己又是在擅作主张。行李超重是要补票的，我不能肯定，让对面那个女孩支付这笔开销是不是她乐于接受的结果。

果然，当列车员表示可以依照我的建议来处理时，那个女孩把头转向了车窗外景致怡人的田野。至此，我已经毫无退路。我只有向列车员递上了二十元钱。列车员把票据塞在我手里，要求我把那口鱼缸转移到茶几下面，当然，这样危险系数会有所降低，很显然，她依然坚定地将这口鱼缸看作了危险品。我动手抱起了鱼缸，它出乎意料地重，当我小心翼翼地将它放在脚下时，居然有种如释重负的滋味。你这样还是妨碍了其他旅客，你得向人家道歉。列车员临走时这样向我说。

她说的“其他旅客”，自然就是我对面的那个女孩。这个旅客在列车员离开后，突然回过头来，抑制不住地笑出了声。她可能被笑憋坏了，我看到她整张脸上的那种愚蠢都成了红色的愚蠢。

B

我们就这样认识了。女孩叫徐未。我们其后的交谈出现了匪夷所思的事情，那就是，我竟然在这个女孩的嘴里，又一次听到了乔戈的名字。有很长一段时间，乔戈的名字在她的嘴里是用“舅舅”来代表的，她情绪饱满地向我说起了她的舅舅。

我们的交谈当然是从那口鱼缸开始的。她并没有对我表示谢意，我的行为除了让她脸上的愚蠢憋出了红色，并没有令她产生丝毫的感激之情。不过我得承认，她脸上的愚蠢成了红色，这反倒令她显得很可爱，愚蠢和红色这两样东西相互作用着，彼此都显得热情洋溢。她告诉我她叫徐未，在柳市读大学二年级。我也不得不作了简短的自我介绍，当她得知我是一个医生时，那个乔戈就披着“舅舅”的外衣出场了。

我舅舅也是一个医生！她几乎是欢呼了一声，然后她指着茶几下的鱼缸说，这条鱼就是我带给他的。

她严肃地问我，你是什么医生？这个问题有些莫名其妙，我是什么医生呢？莫非是江湖医生？她却说，我舅舅是外科医生。这样我才明白她的意思，我告诉她我是柳市医院的一名眼科医生。我从她的表情上看出来了，在她眼里，似乎只有外科医生才算得上是一个医生。她从我的专业上获得了一些不可理喻的自豪感，更加激发了交谈的兴趣。知道吗？她压低了声音问我，我为什么要千里迢迢地带给我舅舅一条鱼？是啊，为什么呢？我当然不知道答案，但我想这无外还是那种青春的愚蠢在作祟吧，类似的行为我们都有过，比如不远万里地从海边捡拾一些其实并无什么奇特之处的石头回去，因为我们都青春过，难免都曾经精力充沛。她看出了我隐蔽的不屑，有些赌气地自己给出了答案。是为了爱情！她说。

当然，这个答案也没有格外出乎我的意料，她提起了爱情，这并不令人吃惊。青春总是和爱情有关吧，就如同鱼和水的关系。但是“舅舅”这个身份引起了我的兴趣，我不禁要这样猜测了——眼前的这个女孩居然和她的舅舅产生了爱情。我觉得这应该是一件很私密的事情，只有“噢”了一声，克制地表达了我的好奇。她却突然改变了话题。她郑重其事地问我，你擅自处理了我的鱼缸，不会是对我有什么想法吧？我当然感到了难堪，觉得自己说出的话都有些狡辩的味道。是啊，看起来好像是这样，我说，你这样去理解，也是有道理的，不过事实上，我只是觉得一口鱼缸不该成为什么危险品——你知道吗，我自己也曾经养过鱼，所以对鱼缸多少有些感情。她脸上刚刚消退下去的红色重新泛了上来。真的？你也养过鱼？她很认真地问我，也许，你养的也是我鱼缸里的这种锦鲤吧？或者还和我这条长得一模一样也说不定呢。我当然听出了她话里的讥讽，不过我并没有因此对她感到厌恶，青春除了和爱情有关，也和自以为是有关吧，这是可以被原谅的事情。我摇了摇头说，不，我养的是一条小鲨鱼。小鲨鱼？她脸上是那种害怕被愚弄的谨慎表情，她甚至思索了一下，然后比较有把握地说，还是不能相信你，你们这样的中年男人，总是会有许多花招的。

我被她逗乐了。我说，我们还是不要说我了，说说你舅舅吧，他也喜欢养鱼吗？

我舅舅？不，他不喜欢养鱼。她依然陷在某种情绪里难以自拔，她说，而且，他也和其他的中年男人不同。有什么不同呢？我饶有兴趣地问，同时心里多少有些内疚，我觉得自己好像是在逗弄着一只小狗。她回答说，我舅舅很单纯。说完后，她又觉得不妥，她可能认为单纯并不是一件好事情。所以她补充道，当然，我舅舅完全是个成熟的男人。我对她的话表示肯定，我说，不错，单纯其实和成熟并不矛盾。我没有想到，她把我的肯定又看作是一种别有用心的表现了。她有些挑衅地说，是吗？那你举几个例子给我。我有些被动，好像被自己逗弄着的小狗咬了一口。我一下子还真的举不出什么例子，我在想，有什么东西，既单纯又成熟呢？她呵呵呵地笑了，我的被动终于让她感到满意了。不过这样也好，她一满意，对我的态度就亲密起来。我认为我在她眼里还是值得信赖的，她不过是以一种青春不自觉的鲁莽在刁难我。如今她满意了，就完全像一个青春女孩那样的简单和透明了。我们不约而同地调整了自己的姿势。之前我们虽然各自坐在自己的铺位上，但气氛多少有些剑拔弩张的味道，我们的脊柱都有些僵硬。 但是现在，我们都松弛下来了，各自倚靠在叠起的被子上，只把头微微仰起以保证可以面对着面。

她就是在这样的姿势下断断续续地对我讲了一个有关舅舅的故事。

故事是从一堆篝火明亮的光明之中开始的。 她说，这堆篝火一直照耀着她的舅舅，当舅舅把这个故事讲给她的时候，她甚至看到了两团明亮的火光映照在舅舅的眼镜片上。我得承认，她讲述时表现出了很好的文采，我想这和她的专业不无关系，她是大学中文系的学生，对文学当然不会陌生，因此她的讲述具备一些文学色彩应当是不难理解的。 而且，处在青春期的女孩，总是有些模糊的忧伤，这种忧伤本身就具备一定的文学意味。

下面就是她的讲述，我只是做了一些简单的整理，比如，省略了一些我自己的不必要的插话，以保证它的完整和清晰：

在舅舅的记忆里，那堆篝火是为了分别而点燃的——它燃烧在毕业典礼后的夜晚里。

那天夜里，火焰熊熊，将一张张年轻的面孔辉映得灿烂夺目，每个人的脸仿佛都被涂抹上了一层黄金。其中只有一个女生例外，她用双手遮住面部，像是试图挡住眼前耀眼的光明。舅舅发现,当这个女生的双手偶尔移开的瞬间,暴露出的眼睛在火光的照耀下,就有一股惘然若失的情绪像水一样汩汩流出。年轻的舅舅并不熟悉这个女生,只隐约知道她的名字。但是那一天,当那个女生起身离开篝火的时候,年轻的舅舅却朝她追踪而去。很多年来舅舅回忆起那天夜里自己的举动,唯一可以勉强出口的理由就是:他当时喝醉了,在毕业聚餐上他喝了过量的啤酒,而且,分离的情绪,灿烂的火焰,都放大了酒精的作用。他尾随着那个女生,看她走入了操场角落里隐蔽的厕所。远处的篝火依然在燃烧,回望过去却变得蓝幽幽的了。同学们的身影在火光下袅袅浮动。有人在背诗,诗句在夜空中有了重重叠叠的回响般的效果。

舅舅在那天夜里看到了一块隐在黑暗中的白色,仿佛一只饱满的气球,悬浮在无尽的幽暗之中。从理论上讲,舅舅在那一夜窥视到的应当就是一个女生的屁股,但事与愿违,从目睹到这团雪白的东西之后,这团东西在他的心中就从未和身体联系在一起。它只是一团颜色,或者是一团光。和这团光一同到来的,还有那种淅淅沥沥的水声。当然,在舅舅的听觉里,那也不是一个女生解手的声音,它是一种忧伤的音符,淅淅沥沥……

舅舅当然是恍惚的,做这样的事情,第一要紧的就是隐蔽了,但是恍惚的舅舅显然是忘记了隐蔽的重要性,他站在那里,完全是一副理直气壮的样子。实际上,他那是傻了。于是,那个女生解完手起来整理裙子的时候,突然就发现了舅舅那双闪烁着的眼睛,它盯着她的身体,眼镜片在星光下熠熠发亮。舅舅几乎是和这个女生一同惊醒的,当这个女生将要无可遏制地惊叫出来时,舅舅首先发出了声音:不要叫!

不要叫啊——求求你!舅舅用痛苦、喑哑的声音乞求她,求求你!

那个女生终究没有叫喊出来。她只是在片刻的失措后从舅舅的身边跑了过去。舅舅早已经是泪流满面,他目送着她的背影奔向了那堆篝火,巨大的恐惧让他颤抖不已。当舅舅平静下来重新回到篝火边时,他看到那个女生依然用双手遮住自己的面部。同学们在背诵诗歌,那是一首北岛写的爱情诗,恋爱着的和没有恋爱着的,都被这首诗打动了。他们神情虔诚,每一句都背诵得仿佛誓言一般庄严。

这诗句里的情绪在那个篝火之夜深刻地感染了舅舅。那个时候,他并没有品尝过爱情的滋味,但是年轻的心却被这坚贞的爱情誓言所击中。他正陷入在与大学时代告别的特殊情绪中,并且,刚刚噩梦般地做出了一件猥琐的事情,这一切奇妙地作用在舅舅的心里,让他在爱情诗的歌颂之中,无法说明地爱上了那个女生。

我讲的这些,你可以理解吗? 女孩对我讲完上面的内容后，突然重新对我流露出不信任。她可能突然意识到了，我只是一个陌生人，我们只是列车上偶然相遇的两名乘客。要知道，在她谈及舅舅的空隙里，我们已经结伴去餐车吃了一顿饭了，她却直到这时才意识到某种不妥。我们是下午 4 点钟上的火车，而这时，车窗外已经完全黑了下来。车厢里的灯光掩饰了她脸上的红色，我只从她的眼睛中看出了她的不安。她的眼睛漆黑明亮，直勾勾地望着我，似乎在为自己的行为感到不可思议。

为了打消她的不安，我真诚地说，我想我是可以理解的吧，有时候爱情发生得就是这么不可理喻，对了，尤其还伴随着诗歌，我知道，诗歌有时候的确是能够蛊惑人的。为此，我还向她补充了一个细节。我对她说，我有一个朋友，是位女诗人，她的两句诗曾经感染过我——今夜我梦见了金斯伯格，他向我讲述垮掉的生活——有一段日子，我在心里反复默念这两句诗，于是就发生了这样的事情：在那段日子里，我不可避免地经常会梦到那个秃顶、大胡子的美国人，当然，至于究竟是不是金斯伯格我就无从知晓了，那个秃顶、大胡子的美国人也没有在梦中向我讲述什么。不过，要命的是，那段时间以来，我居然真的觉得自己的生活垮掉了，那是一种默默的情绪，倒也不是颓废，也不激烈，甚至反而使人安静。可是，我觉得我的生活，垮掉了。

我的话并没有令她完全踏实下来，她依然犹疑着，只是又被我话里的内容勾起了其他的兴致。我也提到了诗歌，这显然是投其所好了，她或者只是还不能完全相信，作为一个眼科医生的我居然会有写诗的朋友。实际上我说的完全是真话。我自己都有些惊讶，是什么原因令我向一个陌生的女孩袒露自己隐秘的情感呢？我想这和她的那个舅舅有关。我得承认，她讲的故事打动了我，那个舅舅的形象似乎在我内心的某个角落蛰伏着，我对他并不陌生，甚至有种亲切的熟稔，我们只是失散多年，如今却在她的故事中百感交集地重逢了。我很想把她的故事听下去，害怕她的讲述被可恶的不信任打断。直到这时，我依然在自以为是地认为，这个女孩最终会和她的舅舅产生爱情。我们总是对违反常态的情感兴致盎然，这样的毛病我也有。我甚至有些迫不及待。那么，后来呢？我问。

后来？女孩用了很长时间才重新把故事的情绪连接上，她说，舅舅毕业了，他们各奔东西。但是那个女生永远留在舅舅的心里了，他因此拒绝所有的女人，舅舅的内心固执地对那个女生保持着一种忠诚。

女孩用这样一个虎头蛇尾的结局结束了她的故事：三年前舅舅终于又见到了那个女生，但那个女生已经是别人的妻子了。

然后女孩就沉默了，似乎突然丧失了说话的兴趣。她从包里摸出一只耳机塞在左耳里，自顾自地听起来。她完全躺了下去，两只膝盖蜷起来，一只手枕在头下面。我依然还保持着一种不规范的坐姿，我知道，我的样子有些傻，好像有些眼巴巴的，而她突然换上了根本不认识我的模样。我因此有些痛恨青春，我觉得青春就是这样阴晴不定，就是这样朝三暮四。我只好也躺了下去。躺下去后我可以通过茶几下的空隙看到她。我看到她在微笑，但我知道，她的愉悦是来自那只耳机里的内容，与我是一点关系都没有的。

这时候我听到了那种微弱的水声。循声而去，我看到了茶几下的那口鱼缸。如今我是俯视着它的，就看出了那条锦鲤在水中微不足道的游弋。这口鱼缸很大，但是这条鱼也很大，我不由得就要这样认为，这条鱼是何其智慧啊，它认清了形势，明白自己并没有自由转圜的余地，于是就采取了体面的姿态，干脆不去做无谓的尝试，只是偶尔轻轻摇曳尾鳍，温煦地划动水面。我侧卧着，看着这条锦鲤理智的身姿，突然就涌出了泪水。

三年前，我在兰城打电话回家，我只在电话里“喂”了一声，就被庞安的哭泣打断了。庞安悲伤地呜咽起来。她说，它死了！

谁？你说谁死了？我不免一阵紧张。

鱼，最大的那条，唔——庞安认真地说，就是那条“大正三色”，是吧，是叫这名字吧？是！我愤愤地答了一声，质问道，它怎么会死的，嗯？怎么会？

停电了，水泵不工作，我想……它是缺氧死掉的。

停电？你为什么不换换水？你去哪儿了，停电的时候你不在家吗？

我不能够接受停电这个理由，因为，你知道，我们是住在医院家属区的，借了医院的光，家里从来不会停水停电，偶尔有几次检修，电工班也是提前落实好，挑在没有手术进行的时候来工作，而且时间段很固定，通常在早晨 7 点钟开始，最多一个小时，就会准时地送上电流。我认为这个时候停电不应当对我们造成麻烦，庞安完全可以采取一些措施拯救我们的锦鲤。在我的诘问下，电话那头沉默了，庞安的呜咽戛然而止。我觉得自己的态度有些恶劣，控制了一下情绪，安慰她，算了，没关系，不过是一条鱼……

不过是一条鱼——是这句话，令我在火车上热泪盈眶。

这是有些莫名其妙，但是我们的生活，我们的情感，又有多少是逻辑清晰的呢？当我用手去揩眼泪的时候，发现女孩正目不转睛地看着我。我顿时羞愧难当。不过，我立刻就确信她并没有看到我的泪水，因为我从她的脸上看不出任何的异样——如果她看到了一个中年男人的哭泣，怎么也会感到震动的吧，花容失色也不是完全没有可能。我想一定是茶几遮挡了车灯，我们的目光在幽暗之处是无法看清楚那些或者晶莹或者浑浊的泪水的。这时候她突然开口了，问我，你真的养过鱼吗？我当然愿意把她的注意力从我的脸上转移开，所以热情地回答她，真的！

这种鱼好不好养？她的目光果然转向了那口鱼缸。

好养！我说，这种鱼皮实，而且性情温和，所以有个讲究——养在家里能够令生活中的一切关系在潜移默化中变得和谐。说完之后，我才意识到，我对她重复了三年前管生对我说的话。

她对我的回答很满意，也许她已经相信我是这方面的专家了。她说，那我就放心了，我总怕舅舅会养不活它。我表扬她，你很内行，选锦鲤是正确的，这种鱼的确不太容易养死。我觉得自己的话有些苦涩，因为我想，这样一种不容易养死的鱼，却被庞安养死了。不是我选的，女孩不以为然地看了我一眼，也许她又觉得我对她别有用心了，她说，是舅舅只对这种鱼感兴趣，三年前他得知那个女生喜爱锦鲤，于是也开始喜爱上锦鲤了。我的心里莫名地震动了一下，脱口问她，你舅舅是哪所大学毕业的呢？她回答出了一所医科大学的名字，我居然没有感到太大的意外，不错，那正是庞安的母校。能告诉我你舅舅的名字吗？我问她。女孩犹豫了，我知道她又开始不必要的警惕了。我说，我没有其他意思，我有几个同事也是那所大学毕业的，说不准他们还是校友呢。她很容易就被我说服了，于是，我从她的嘴里听到了“乔戈”这两个字。她说，他叫乔戈。

如果中间她没有因为警惕产生出那个额外的停顿，那么这两个字的出现就会被我用一种连贯的恍惚消化掉，但是她停顿了，尽管只是一瞬间，却也足以令我以清醒的头脑蒙受这两个字的冲击了。

C

兰城其实并不算遥远，第二天清晨就到达了。

我做了一夜的梦。 梦境当然与锦鲤有关，我的耳边就是那口鱼缸，那条锦鲤摇出的微弱水声在深夜就成了喧哗。 我梦到自己始终处在一条鱼的背面，它仿佛是一条拉着雪橇的狗，拖着我劈开水面，一路向前。 在梦的结尾，它转过了头，居然是一个秃顶、大胡子的美国人。

那口鱼缸当然是我帮着抱下了火车。 我和女孩在出站口告别。 我本来是想要送送她的，可是一想到她的那种没有规律的警惕，就自觉地打消了念头。 我想我们还会见面的，我们即使是两个背道而驰的人，也终究会在一座桥上重逢。 我的心情平静如清晨的空气。 但是，当我打开出租车的车门，不经意抬头目送她时，她的背影却令我方寸大乱。 这个时候天色还未彻底放亮，光明稀薄，我看到一个女孩怀抱着一口鱼缸，艰难地走在晨曦里。 你不要误会，我内心的波动并不表示我对这个叫徐未的女孩产生了什么想法，这是毫无疑问的。 我只是从她的背影中，依稀看到了三年前的那个事件。

三年前我在兰城受到了意外的伤害，整个事情的来龙去脉却一直含混不清。 因为我受到伤害的部位恰恰是在脑袋上，所以我对那件事记忆模糊，完全是一种无能为力的病理反应。 一直以来，盘桓于我脑际的只是一种与伤害有关的情绪。这种情绪仿佛是先验的，仿佛是被我从前生带到今世的，这让我看上去有些委屈，甚至都重塑了我的某些气质。但是，在这个火车站前的清晨，女孩的背影提示了我，那件事情突然在我的脑子里缓慢浮现。她的背影与三年前的那些景象叠加在一起，让一切变得栩栩如生。

我来兰城参与的项目是诊治经济困难的白内障患者，三年前也是相同的工作。当时我住在兰城医院的专家楼里，每天要连续做好几台手术，通常要到下午 3 点钟左右才能结束。下午 3 点钟，这是一个很尴尬的时间，每到这个时间，我都处于一种既亢奋又疲惫的状态。白内障摘除尽管不是什么复杂的大手术，但对医生的要求同样苛刻，在高度紧张了几个小时后，我很难调整好自己的身体，即使勉强让自己躺下，“下午 3 点钟”这个时间概念也会强烈地干扰着我，令我难以心安理得地入睡。我只能走出去，四处转转，让自己依然紧绷着的神经在行走中逐渐松弛。那时候我一个人走在兰城陌生的大街上，漫无目的，像一个无所事事的游民。后来有一天我偶然经过一个花鱼市场，这才明确了自己的目标。其后的日子我就经常光顾这个花鱼市场了。你知道，那个时候我已经养了一缸锦鲤，在兰城见到锦鲤，多少让我有着他乡遇故知的欣慰。我在那个花鱼市场流连忘返，从手术台上走出的心情得到了有效恢复。

花鱼市场的规模不是很大，藏身在一条隐蔽的街上。那条街应该有些年头了，两旁的梧桐在盛夏里遮天蔽日。我关

儿子四岁时

小时候与妈妈、姐姐合影

陪儿子去考试

第五届柳青文学奖短篇小说评委会评委合影

和欧洲作家

和俄罗斯作家

郁达夫小说奖种树仪式

在台北

在爱尔兰

在丽江

和苏童老师(中)、阿来老师(右)

70后作家

干了这碗酒

小说集英文版授权仪式

瞅了眼天花板

松落老师给我站台

有鲜花

注的当然是锦鲤。整个市场只有一家出售这种鱼。那是一间不大的铺面，四壁环绕着层层叠加的鱼缸，尤其是临街的那一面，更是连墙都没有，直接是用鱼缸垒成的。无以计数的锦鲤在那面鱼缸墙中畅游着，令我在第一次跨进这个铺子时就感到了目不暇接所带来的眩晕。我刚刚结束了工作，从无影灯下走出，一下子面对如此花团锦簇的景象，不免会觉得不适。我无法近距离地去仔细欣赏那些锦鲤。在我看来，它们由于数量的关系，形成的那种惊艳之感，对我构成了某种压迫。于是我选择了另外的一个角度，那就是街对面的一家冷饮摊。我坐在冷饮摊的遮阳伞下，通常会要一瓶冰镇的可乐，一边喝，一边眺望着对面那面由鱼缸垒成的玻璃墙。我眺望着那些锦鲤，仿佛在眺望着遥远的大海以及海里某些沸腾的往事。这样连续几天后，我就注意到了一个女人。

她看上去有三十多岁的样子，与我的年纪相仿，总是在下午5点钟左右驾驶着一辆黑色的别克车出现在我眼前。这个时候，我已经在冷饮摊坐了一段时间了。她把车停在我身前不远的地方，然后穿过马路走进那家出售锦鲤的铺子。显然，她和那个老板很熟，每次进去都不会逗留很长的时间，两三分钟的样子，便提着一只装有一条锦鲤的塑料袋走出来。她从里面带出来的锦鲤都很大，盛着水的塑料袋又加进了氧气，所以提在手里就显得有些沉甸甸的。她从路对面走过来，我觉得，她短裙下那两条修长的腿，因为手里的重量而显得紧张有力。她穿着一件赭石色的绸质无袖衫，结着中式的纽襻，上面绣着的那条艳丽的锦鲤难免总是将我的目光吸引到她的胸前。我觉得她是一个风姿绰约的美丽女人。你甚至都不需要看到她的脸，就会有一种隐约的憧憬在心里荡漾。

这个女人如果只是在我的眼前一纵即逝，那么我也不会对她格外在意；但是，她的出现就像时间一样刻板，周而复始，每天都会准时在我面前来临。她的出现完全遵循着一种规律，每次都没有大的区别：停车，下车，走过去，提着一条锦鲤返回来，然后上车，绝尘而去。这样的情景令我着迷。如果她是一个热爱锦鲤的女人，那么为什么不一次就买够呢？这样一天一条地买回去，是出于怎样的动机呢？我做出了种种猜测，却没有一个是令自己感到信服的。我甚至都想，莫非她是把这些锦鲤买回去做成了菜？红烧、清蒸、干炸……这个猜测令我感到一阵无端的恶心。

我天天看着她在我面前重复着一个谜语，不免会觉得虚无。

终于有一天，她也注意到了我。我想，她也应该注意到我了。我天天坐在冷饮摊前，那副若有所失的表情，或者在别人眼里也具备一种谜语的味道吧。那天仿佛是有预兆的。我从手术室出来时给庞安打了个电话，起先是占线的忙音，间隔了几分钟后才拨通。我只“喂”了一声，就被庞安的哭泣打断了。庞安悲伤地向我宣布了那条“大正三色”的死讯，我因此生出一股本能的愤怒。我在电话里质问了它的死因，但庞安给出的答案并不能令我释然。她说是停电造成了那条锦鲤的死亡，这反而令我更加气愤。我几乎是在审讯般地追问她，停电？你为什么不换换水？你去哪儿了，停电的时候你不在家吗？电话那头于是沉默了，庞安的呜咽戛然而止。我手握着听筒，却觉得里面那种阒寂的空旷是我迄今为止听到的最悲伤的声音。我意识到了自己态度的恶劣，控制了一下情绪，安慰庞安说，算了，没关系，不过是一条鱼……

但我依旧无法释然。坐在冷饮摊前我还在想，我出门前叮嘱过庞安的，让她照顾好鱼也照顾好自己，可现在看来，庞安是既没有照顾好鱼，也没有照顾好自己啊。

就是在这样的时刻，那个女人注意到了我。我觉得自己被她看了一眼，但是我正心不在焉，我想她一定是把我看作一个游手好闲的人了。此时她已经如往常一样提着一条锦鲤上了车，车子启动后却突然倒了回来。我看到她的车子倒在我面前，车窗徐徐降下，出现在那个缝隙里的，是一双夺人心魄的眼睛。这双眼睛充满了我无法说明的内容，它像水一样泼遍了我的全身。然后，那辆黑色的别克就开走了。

后来我便遭到了意外。我在黄昏的时候离开了冷饮摊，当我走到那条街的出口时，脑后突然有一股冷风袭来。有一样东西凶狠地击打在我的脑袋上，让我一头栽了下去。

当我醒来时，身边围着几个好奇的人，他们神情复杂地观看着我。 我根本不知道发生了什么事情，甚至也觉得有些奇怪。 我不知道自己身在何方，只有一种一无所依的悲伤感。 我爬起来拦下了一辆出租车，坐进去后才回头观看，但车外只是一片陌生的街景。 这种陌生感让我记起来了，我原来是身在兰城。 这时候我才感觉到了脑袋的沉重，我以一个医生的专业性判断出：自己脑震荡了。

被自己确诊出脑震荡的我表现出了明显的症状，那就是，对于刚刚发生的事情出现了短暂的失忆。 我没有去推究自己受伤的原因，而是跳跃着将自己的伤情和那条死去的锦鲤联系在了一起。 我突然变得很激动，狂暴地用手机拨通了家里的电话。

鱼为什么会死？ 停电的时候你在哪里？ 和谁在一起？ 我严厉地对庞安发出了质问。

后来我想，当时我的声音一定是变成另外一个人的了，异乎寻常到庞安都没有辨认出来。 我从未用这样的语气对她说过话，所以，在她听来，电话里传出的就是一个陌生人玄秘的斥责。 庞安果断地扔下了电话。 我的电话在深夜再次打了过去。 依然是同样的严厉，依然是同样的质问：鱼为什么会死？ 停电的时候你在哪里？ 和谁在一起？

这一次庞安镇定了，她判断出了我是谁。 我想她只是不能理解，自己的丈夫何以会变得如此陌生。 她对着电话嗫嚅地说，不过是一条鱼……

这不是一条鱼的问题！ 我缩在房间的角落里，不可抑制地咆哮起来。我吼道，好好的一条鱼被你弄得死掉了，我们都会倒霉的！

庞安一定是被吓坏了。如果这时候她知道我是一个脑震荡患者，她就会理解我的偏执与易怒。但是她并不知道，我的异常只是让她觉得那条锦鲤的死亡成了一个严峻的问题。

显然，我是不能再上手术台摘除白内障了。医院对我的头颅进行了 CT 扫描，确诊了病情，让我住进病房里休息了。躺在病床上的我始终精神紧张、情绪焦灼。我也希望自己平静下来，但人面对病患时却是绝对无助的，即使你是一个医生。我依然无法想起自己经历了什么，我只知道自己的脑袋受到了狠毒的打击，如今成了一个严重的脑震荡患者，至于事情的缘由，却是毫不知晓。我只知道后果，并不知道前因。我仿佛与一段重要的往事隔绝了，成了一个没有来历的人。我总是睡着，睡着后梦境不断。总是有一个女人，她以一条鱼的姿态在梦中向我游来，当她靠近我时，胸口就会像花朵一样怒放，她的乳房也像鱼一样，我那么渴望捕捉住它们，它们却总是从我的手中蹦跳而去。在这样的梦境中，我居然遗精了。这个事实加重了我的症状，因为它太奇怪了，遗精这样的事情对我已经是上辈子那么遥远的往事了，如今重新发生，让我觉得我是钻进了另外一个人的身体里。我头痛、晕厥、恶心、呕吐，在控制不住的时候就把电话打回家里，声色俱厉地冲着庞安发火，鱼为什么会死？停电的时候你在哪里？和谁在一起？

庞安总是保持着沉默，最多会呻吟般地说一句，不过是一条鱼……

半个多月后的一个黄昏，当我再一次拨通了家里的电话时，得到了一个令自己啼笑皆非的答案。

鱼为什么会死？ 停电的时候你在哪里？ 和谁在一起？

鱼因为缺氧而死；停电的时候我在一家宾馆里；和管生在一起。 庞安条分缕析地一一回答道。

管生？ 我迟钝地想了想，于是就想到了那个头发卷曲的小车司机。 能够想起些什么，这说明我的病情已经有所好转了，所以我就哧哧笑出了声。 我觉得庞安真幽默啊。 我的心情不错，心里面想着管生的样子，决定出去转转。

我在落日的余晖中来到了一个花鱼市场。 我觉得自己似乎来过这里，但是我找不到可以证实自己感觉的依据。 我在那条街上转来转去，终于停在了一面玻璃墙前。 我看出来了，它是由一些鱼缸垒成的，只是现在那些鱼缸都空空如也，里面只有一些腐烂的水草和浮游着的鱼虫。 我还看到了几张封条，上面盖着暗红色的印章。 我觉得这里面一定发生了什么，我觉得它和我有关。 我走到街对面向一个冷饮摊的摊主打听情况，我还没有开口，他却主动地问候我，好久没来了啊。 我“啊啊”了两声，问他，对面那间铺子发生了什么事情？ 他吃惊地张大嘴说，全兰城人都知道了，你居然不知道！ 我羞愧地向他笑一笑说，最近我不在兰城。 那就难怪了，他脸上是一副宽宏大量的样子，他说，封掉啦，这么大的一个黑店怎么能不被封掉呢? 也太小看我们人民警察啦! 不过他们也真是狡猾，谁能想到呢? 他们居然用鱼来贩毒，喏，把毒品塞在鱼肚子里，谁能想到呢?

三年后我重返兰城，此刻当然是一个头脑健康的人了。我在火车站前，依靠那个女孩的背影唤起了这些记忆，于是我才恍然大悟。我想，不用说，三年前那个开着别克车的女人一定也是一个毒贩了，她注意到了我，当然会警惕和憎恨，也许把我当成了便衣警察也不是完全没有可能。我难免要遭受不白之冤，于是我就遭到了袭击。

可是，那样的一个女人居然会是一个毒贩，谁能想到呢?

有时候记忆并不能带给人什么好处，但是，我此刻的记忆却是弥足珍贵的，如果你把这看作是一种康复，就会明白我说的道理。

D

一到兰城我就被带上了手术台，几乎马不停蹄地连续摘除了二十多个混浊的晶状体。直到第四天，我才得到了休息的机会。我强制自己回到医院的专家楼里躺了十多分钟，然后就起身去寻找那个乔戈了。

我脑子里被唤醒的那些记忆，让我对这座城市心有余悸。坐在出租车里，我一直有些惴惴不安。庞安临别时的嘱托，这时候在我心里就有了一种命令式的压迫感。我觉得自己似乎是在执行某个力不从心的任务，前途坎坷，充满着难以理喻的困厄。

可是，我并没有在庞安告知的那家医院里找到乔戈。我先是向一个迎面而来的护士打听，她认真地思索了一下，然后摇头表示她并不知道这个人。继而我找到了这家医院的医务科，接待我的是一个脸色铁青的中年男人，他似乎在气头上，怒冲冲地对我吼，没有，没有这个人！我很明智地没有继续追问下去。我打算放弃，甚至觉得松了口气。这说明，看望乔戈，在我内心其实是一件勉为其难的事情，如今我来过了，没有找到就不是我的责任了。我在这家医院的门诊大厅里逗留了片刻，在墙壁上的公示栏里，看到许多骨干医生的照片贴在上面。我挨个检阅了那一张张健康的脸，得出的结论是，不错，这家医院的确没有一个叫乔戈的医生，仅从那些人健康的气色中，我就能够落实自己的判断，因为，在我的心里，已经固执地将乔戈这个人与健康拉开了遥远的距离。

没有找到乔戈，我的情绪却轻松了。我走上了兰城的街道，漫无目标地闲逛起来。你可能已经猜到了，不错，时隔三年后，当我重返兰城，我的腿自觉地将我再次带到了那个花鱼市场。令我失望的是，出现在我眼前的居然是另一番面貌了。那个花鱼市场消失了，那些遮天蔽日的梧桐也消失了，现在这里成了一个类似图书批发市场的地方，整条街上的门面都挂着某某书店的牌子。我当然有些失落，我来到这里，多少是有一些缅怀与凭吊的情绪在里面的，如今却物是人非。我刚刚被唤起的某些记忆，再次被城市日新月异的变迁抹杀了。我想，如今这条街上的人，又有几个还会记得三年前那件轰动兰城的贩毒案呢？倒是我，一个外省人，替他们挽留下了一段语焉不详的历史。

我随便走进了一家书店，随便翻看那些堆积如山的书籍。有一本北岛的诗集吸引了我。我想起来火车上那个女孩对我讲的故事。在那个故事里，有一个重要的细节，那就是，舅舅的同学们在那个篝火之夜背诵着北岛的诗，这首诗强化和怂恿了舅舅心中莫名的爱情。那么，这是一首怎样的诗呢？我几乎是用一种查阅档案般的索引态度阅读起了手中的北岛诗集。

当我重新走上兰城的街道时，天色已近黄昏。北岛的诗让我隐隐感到了心痛，却也让我从中获取了线索，我从他的数百首诗之中遴选出了一首，它的名字叫《雨夜》。

E

我在兰城的工作完成得很顺利，这一次我的脑袋没有遭受意外的打击，这起码保障了我以一个清晰的头脑站在手术台前。就在我即将结束此次兰城之行时，令我意想不到的事情发生了。

那天我刚刚从手术室出来，就听到一个清脆的声音在我身后响亮地叫道：乔戈！ 我怔了有几秒钟，然后回过头去，看到一个双手举在空中的男医生正匆匆向手术室走去。 我只看到了他的背影，而且还是一个被消毒服武装到了牙齿的背影。 显然，他是要上手术台了。 他对那个呼唤置若罔闻，我注视的目光就更加无法令他回头。 我也看到那个呼唤者了，她像她的声音一样清脆和响亮。 这是一个明晃晃的女人，皮肤雪白，穿着鹅黄色的裙子。 她站在走廊的窗口前，整个人都散发着高光。 心中的惊讶促使我走向了这个女人。我友好地问她，你找乔戈医生？ 我身上的白大褂迷惑了她，她很自然地对我信任有加。 她说，是啊，我找乔戈。 我说，不巧得很，他刚刚进手术室。 她说，我看到了，我等等吧。 我说，那你恐怕要等很久了，你知道，一台手术需要的时间一般是不会比一场电影的时间短的。 她笑起来，笑完后向我表示她并不在乎漫长的等待。 没关系，我等，即使电视连续剧那么长的时间我也等得住，她坚忍不拔地说。

事后我想，这个女人之所以在乔戈的诸多追求者中脱颖而出，没有其他的原因，只因为她善于等待。

我一度寻找过乔戈，不料他就在我的眼皮底下。 尽管我的寻找敷衍了事，但此刻他骤然显身，还是令我有种柳暗花明般的感慨。 这个事实让我明白了，有些事情终究是绕不开的，就像我们经历过的道路和桥梁，不是我们的脚要走向它们，是它们顽固地延伸到了我们的脚下。 乔戈曾经让我扑了个空，其实这一点也不奇怪——他总是让人扑空！ 这是那个等待着乔戈的女人的话。 那天，我顺利地将她等待乔戈的地方从走廊里转移到了医院的花坛前，我们在树荫下轻松地聊起了有关乔戈的话题。 当然，我采取了一种具有策略的语言和态度。 首先我需要让她相信，我只是乔戈的一名无聊同事，或者是热心，或者是心怀男人惯常的企图，总之殷勤地和她搭话完全是出于一种显而易见的朴素动机，这样才能让她打消不必要的警惕，让我陪伴她度过漫长的等待。 其次，我的每一句问话都要尽量显得似是而非，我不能让她看出我窥探的热情，我需要将每一句话都用漫不经心掩饰起来。 这个下午让我发现了自己身上的表演天赋，我的发挥堪称完美。 我成功地令这个女人滔滔不绝地向我谈论起了乔戈，最后，她反而要为自己的诉说欲感到不好意思起来。

我先摸清了这个女人的底细。 她是兰城电视台的一位编导。 女编导并不讳言自己对乔戈的热爱，在她的叙述中，乔戈出人意料地成了一个唐璜式的人物，他从未爱过却不停引起别人的爱，比如，他每到一处必定引发绯闻，他几乎勾引着身边所有的女人，因此，他也不得不频繁地被男人们驱逐出去，不停地更换着自己的工作，从这家医院调往另一家医院（如果不是他有着一把高超的外科手术刀，那么他完全有可能丧失从医的资格——被他迷惑的不只是他的同事、同事的妻子，还有女患者以及男患者的妻子）。 不过，即便如此，他恐怕也在兰城待不久了，女编导不无惆怅地说，因为他几乎已经换遍了兰城所有的医院。我联想到了那个对我怒气冲天的中年男人，多少理解了他在听到乔戈这两个字后对我释放出的怒气，我想，也许这个脸色铁青的男人也是一个乔戈的受害者。

这个乔戈与我心目中的乔戈大相径庭。至少，他与火车上那个女孩嘴里的“舅舅”是截然相反的。那个舅舅羞涩、内向，甚至阴郁、卑下，更加符合我先入为主的一些感觉。两个形象之间巨大的落差不禁让我这样猜测：难道我面前的这位女编导也是在同样地演戏（从她的职业考虑，这种可能性就越发充分），我们如同舞台上的两个角色，在这盛夏的树荫下演着对手戏。我们首先虚构了自己，然后游刃有余地虚构起了一个乔戈。

但是这种猜测在乔戈出现的时刻被粉碎了。他从大楼里走出来了。这的确是个外表出众的男人，身材高大匀称，五官有着某种异族血统的痕迹，鼻梁上的眼镜有效地平衡了他那股桀骜的神气，使他的脸看上去恰到好处地完美。但仅从外观上看，并不足以让我承认他与其他男人的区别，是他的神态，让我对他刮目相看了。他刚刚做完手术，脸上的疲倦显而易见，这让他看起来有种无辜的落寞。他看到了我们，却丝毫没有情绪上的反应，他走到我们面前，只是有些不耐烦地皱了皱眉头。他对我熟视无睹——他对于一个和他的女人攀谈着的陌生男人熟视无睹，这一点令我震惊。幸好，我的反应足够快，我向他伸出了手说，你好，我是从柳市医院来的，在你们医院完成一个项目，我叫林楠。不出所料，当我声明了自己的来路后，他立刻对我报以了极大的热情。柳市医院？他握住了我伸过去的手说，那么你是庞安的同事了？

是的，我们是同事，而且，我停顿了一下，终于说出，我们还是非常好的朋友。当庞安的名字从这个男人的嘴里吐出的一刻，我感到了痛苦。我并没有撒谎，我和庞安之间如今的确只是非常好的朋友了。但是我们之间的这种关系，从来没有像这一刻那样令我痛苦。

三年前，当我返回柳市的时候，还是一个没有完全康复的脑震荡患者。间歇性的迟钝让我比较坦然地接受了庞安的离婚要求。我甚至觉得，这个要求也是我自己的要求。我们的婚姻是在中午日复一日的太阳下晒着的，是在对一缸锦鲤寄托出额外的希望中度过的，如今，随着那条“大正三色”的死去，似乎也丧失了继续下去的依据。而且，重要的还有，那个时刻，我持续地被一个梦中的女人俘获住，她鱼一般游弋在我的身体里，像一个谜面般展开，调动起了我全部的欲望，几乎成为我生命中所有能量指向的目标，她不仅作用在我的心里，同样作用在我的身体里，令我身心憔悴。在这样的状况下，我没有理由抓住庞安不放了，那样显然是对她不公正的。我接受了庞安的要求，甚至也一同接受了她身边的管生。我对管生毫无恶感，认为这个小车司机很阳光，庞安和他在一起是令人放心的。我只是在一次和管生的交谈中，才感到了些许的悲痛。

管生告诉我，那时候我还在兰城，突然有一天，庞安神情哀伤地找到了他。庞安找到他，目的很明确，就是请他买一条那种名叫“大正三色”的锦鲤。这本身是件很容易办到的事情，但庞安附加的条件却令管生为难了。管生吃惊地看到庞安将那条死鱼从一只塑料袋里取了出来，她说，要和这条一模一样的。那条鱼显然是被放进冰箱中冷冻过了，硬邦邦的，表面蒙着一层灰白的霜。其后的几天，管生陪着庞安转遍了市里大大小小的花鱼市场，苦苦寻觅着一条心目中的锦鲤。他们甄别了无数条鱼，却没有一条符合那条死鱼的标准：不是体型有偏差，就是斑纹和色泽不一致。那条作为参照物的死鱼在烈日下被反复暴露着，很快就有了腐烂的趋势，尸体上的色泽逐渐向着相反的颜色变化，白色成了黑色，红色成了绿色。管生说他被这条日益腐烂下去的死鱼迷惑了，那种无望的执着，那种倔强的坚持，像一种高贵的精神怂恿和激励了他。那个盛夏的季节在那些天突然大雨滂沱，管生说他们坐在自己的车里，感觉真的成了两条鱼，在一望无际的水的世界里漂泊。就是那个时刻，我爱上了她，管生说。

管生说，我们会一直找下去的，直到找到那条锦鲤。

管生的话令我沉痛。当我想到，正是在我不屈不挠的追问之下，庞安开始了这种无望的寻找，我的内心就仿佛鱼一样沉入了水底。显然，那条锦鲤死亡的时刻，庞安并不是和管生在一起。那么，她是和谁在一起呢？这对于我已经不重要了，庞安的追寻已经足以赎买她任何的过错。

F

我和乔戈顺利地接上了头。我来自柳市，来自庞安，乔戈因此对我热情有加。这是一个看上去极度自信的男人，对于我，他毫不隐瞒自己的往事。他坦率地承认了自己在那个篝火之夜所做下的猥琐之事，他说，如果那一夜庞安失声尖叫，他完全就会毁在这件事情上。庞安赦免了他，同时也囚禁了他，那个夜晚形成的特殊氛围，使他对庞安不可抗拒地产生出了某种无法说明的忠贞。他由此确定，除了庞安，他永远不会再爱上其他的女人。你也许无法体会我在听这些话时的感受，那就是，我被尖锐的痛苦咬噬着。这和嫉妒无关，起码不完全有关，我是被一种情绪损害着，它如同一枚针带给人的疼痛，琐碎、犀利，又无从谈起。我只能隐忍着这份疼痛，我不能让乔戈知道我曾经是庞安的丈夫，那样一来，只会使得我们彼此尴尬。

乔戈甚至对我讲了一些更加久远的事情。他告诉我，那个篝火之夜他其实并不完全是恍惚着的，当然，酒精的作用不可忽视，但是当他尾随着庞安而去的时候，他的心里依然是有着一个清晰的目的。那就是，我明确地想要看到一个女人的屁股，乔戈自嘲地笑了笑说。

我们坐在一家餐厅临窗的座位上。他三言两语就打发走了那个女编导，然后就提出请我吃饭。我没有理由拒绝他，这正是我所希望的。我们要了啤酒，当然，喝得非常节制。

刚刚考上大学那年，有一次我回家，被一个中年女邻居勾引到了床上，乔戈摘下他的眼镜一边擦拭一边说，那实在是个古怪的经历，我干得稀里糊涂，直到从她家出来后，依然是神魂颠倒。我的意识里没有任何的快慰，当然，也谈不到伤害，没那么严重，那不过是一场来去如风的梦罢了。我也真是把它当作一场梦看待的。但是，这个梦给我的生活留下了一个巨大的悬念，那就是——我非常遗憾地发现，虽然自己已经有了人生的第一次性经历，但是令人难以置信地并没有看清楚女人的屁股。这是有些荒谬，因为当时是白天，那个女人也没有对自己进行任何的掩饰，她完全是赤裸裸的，可是，我的确没有看清楚她的屁股。当时我似乎短暂地失明了，许多白光像雪崩一样灼伤了我的眼睛。这给我造成了遗憾，我由此开始热衷于弥补自己的这个遗憾。但是我无法再去找那个女邻居，我对她避之不及，这你应该能够理解。我也无法在其他女人的身上揭开这个悬念——我变得非常羞怯，甚至有些没有根据的自惭形秽。我们是读医科大学的，对于人体应当不会有隔膜。事实上也是如此，大学期间我们就开始接触人体了，毕业实习的时候，我更是见识了许许多多女人的屁股，但是说来奇怪，我依然觉得那个悬念并没有被解开，它仿佛是永恒的，仿佛要永远困惑着我。

乔戈在说这些话的时候，一直不停地用筷子翻弄着一盘青菜。那盘青菜白嫩肥厚的菜帮在我眼里就成了一个个屁股。我看着他偶尔夹起一根咀嚼起来，不免就要生出些不着边际的遐想。

他说，所以，在那个夜晚我尾随了庞安。但事与愿违，我看到的仍然只是一团雪白的东西，这团东西在我的心中无法和身体联系在一起，它只是一团颜色，或者是一团光。这似乎是一个隐喻，因为从此以后，我永远无法解开那个悬念了。如今我经历了许许多多的女人，但是你不要笑——我依然没有看清楚女人的屁股。后来我几乎对此丧失了兴趣，我不知道自己心目中女人的屁股究竟该是什么样子的，可是显然，它不应该仅仅是一些生理上的构造，它一定还有些其他的特质，可究竟是什么，我也不明白。我感到了疲惫和厌倦，我为它消耗了太多的热情，结果总是徒劳无获，我有时候都憎恨自己了。

三年前我去柳市开一个研讨会，意外地再次见到了庞安。

他终于从一堆屁股中说出了庞安的名字，这几乎是令人绝望的。

我见到了她，一眼就认出了她。我觉得时隔多年，她依然保持着那种惘然若失的风度，我不由得要去凝望她。乔戈此时的目光满含忧郁的深情，我想这就是他凝望着庞安时的目光了。他说庞安显然也认出了他，他不知道庞安是通过什么辨认出他的（他们在大学期间并不认识，他们学的不是一个专业，顶多只是隐约知道对方的名字），但是我还是确定她也认出了我，乔戈说，我觉得她看我时的目光依然如同那个夜晚一样，惊悸不安，又充满了怜悯。

这时候，乔戈的脸发生了显著的变化。他的脸像被水洗过一样，突然变得脆弱不堪。我因此明白了庞安在时隔多年后依然能够把这张脸从人群中辨认出来的奥秘。我想起一件事：几年前庞安在医院的门诊大厅突然揪住了一个患者，那个患者惊恐地转过身来时，展现给庞安的，正是一张这样的脸——脸色煞白，表情因为病痛而显得脆弱无力。庞安显然是认错了人，当时我恰好经过，我记得她嗫嚅地道歉后，就神情仓皇地匆匆离开了。她甚至没有看到不远处的我。如今想起这一幕，我突然意识到，那个篝火之夜同样也作用在了庞安的心里，她从未向人提及，只在回想之中伴随着某种耻辱的印迹令自己惊悸不安，也许，那个夜晚的性质在庞安的内心是难以言喻的，但它瞬间揭示出的真实却随着重复的记忆，成了庞安日后岁月中翩翩幻觉的一个部分，随着岁月的粉饰，它也许逐渐具备了一种令人着迷的性质。它被荏苒的时光酝酿着，甚至独立在庞安消极的意识之外，那张脆弱的脸一直在遥远的过去对她张望着，那种意味深长的窥望，终究要引动她内心积存已久的焦虑。

乔戈停顿了片刻，再次开口后，他说，我们重逢了，却似乎只能够遥望着。我知道，此时她必定已经是别人的妻子了，虽然，我从来没有在乎过一个女人是否为别人的妻子，但是她不同，因为她是庞安。会议的前两天，我们一度满足于这样的状态：仿佛在共同钻研一道令人着迷的难题，只和对方模棱两可地相互启发着，却并不去响亮地给出答案。这样的情绪裹挟在盛夏的酷暑之中，成为一种软弱无力和装腔作势的混合物，它很快就让我们厌恶了。我知道，在庞安的内心里，也被某个声音强烈地召唤着。我看得出来，她的婚姻似乎并不幸福。

你应该可以理解，乔戈的这个判断会令我怎样地黯然神伤。

我在会议结束的前一天邀请她走进了我的房间。乔戈说完这句话后，就令我猝不及防地终止了他的叙述。不说我了，说说庞安吧，乔戈举起酒杯向我提议，你能告诉我一些她的事情吗？比如，她的婚姻。

怎么，你是在和我交换故事吗？我变得有些不太友好，这是必然的。我反问他，庞安没有告诉你吗？

没有，乔戈并没有看出我的不友好，他因此显得有些单纯，他说，我们只待了那一夜，没有时间充分地交谈。

没有时间？我脸上的笑已经有些僵硬了，我刻薄地问他，怎么会呢？你把时间完全投入到她的屁股上了？噢，那是你渴望已久的。

不，你不要这样说，我对她的一切渴望，就是那种叫作爱情的东西。乔戈晃着筷子否定着我的话，他说，你可能会不相信，我们在那天夜里分别洗了两个漫长的澡，我们不约而同地都在浴室里待了很长的时间。我不知道她在里面是怎样度过的，她待了很久，出来时沐浴过的头发都已经自然风干了。我自己在浴室里却哭了，陷入某种冥想中无力自拔……后来，我们就一同回忆起了那个篝火之夜，我们重温了那个夜晚同学们背诵出的每一首诗，那真的是奇迹，仿佛有一只手，将那些早已遗忘的诗句重新拉回到我们的记忆里了。我们一首接一首地背诵着，尽管有时会出现个别的遗忘，但在我们相互的启发下，基本上是毫无遗漏的，尤其是北岛的一首爱情诗，我们更是反复背诵着其中的一些片段。

我有些回不过神来。我眼前这个唐璜式的男人突然用诗歌裁剪了欲望，用北岛替代了那些咄咄逼人的“屁股”，这令我无所适从。我不知道自己更愿意庞安去背诵诗歌还是奉献出她的屁股。我的内心里甚至可以不去追究他们之间的欲望，但是，我却看到了一种欲望之外的东西，这个东西侵害着我，它甚至完全否定了我和庞安曾经的生活。

我和庞安曾经有着怎样的生活呢？那么好吧，接着就让我也来说一说。

我说，我和庞安的关系很好，而且和她的丈夫也情同兄弟，因此，对于他们的事情，我还是知道一些的。

这样的开场白令我的意识混乱起来。我仿佛真的成了一个置身事外的人，但我并没有因此获得一种难能可贵的客观，当我以一个局外人的目光审视起自己曾经的生活，我觉得，居然有些不可捉摸的幸福之感。这种幸福感当然是可疑的，它实际上是从那种虚构的热情中派生出来的。因此，当我说完了自己的故事后，也无法分辨出它的真假了。我只是被这个故事迷住了，觉得它所达到的那种仪式感，恰好用来对应乔戈所讲的一切。

G

庞安的婚姻和一场医疗事故密不可分。那时候，她刚刚分配到柳市医院，成为一名年轻的眼科医生，和她同时分配来的，还有另一个大学毕业生，不错，他就是庞安日后的丈夫。起初，他们并没有格外地关注对方，彼此之间的交往完全是同事式的。但是，当他们第一次共同完成一台手术时，却发生了那件不可原谅的事故。

受害者是一个年仅8岁的男孩。这个孩子本身就是一个不可思议的患者，他只有8岁，却是一个肺癌患者。孩子的父母倒很乐观，他们可能认为自己的孩子这么小，总不至于就真的没救了。这种情绪可以从他们的行为看出来，那就是，他们居然还有精力关注到这个孩子的眼疾。这个孩子的右眼有着轻微的斜视，这本来不是迫切需要医治的毛病，比起肺癌，简直可以忽略不计，但是这对父母却要求在治疗肺癌的同时，顺便也把孩子这个微不足道的瑕疵补救过来。他们是出于怎样的动机呢？这一点庞安想到过，她认为这对年轻的父母对自己的孩子依然充满着美好的憧憬，他们非但不怀疑自己的孩子终究会获得健康，而且，对那种健康的质量也是丝毫不愿意降低的，那就是，它还必须是美丽的，是没有丝毫残缺的。在孩子父母的要求下，医院为这个孩子安排了右眼的矫正术。这是那种很简单的手术，所以就交给了庞安和她的那位男同事。

此前他们已经协助其他医生进行过许多次类似的手术了，但这一次是他们首次合作，而且，是由那位男医生主刀。手术进行得很顺利，他们经过了准确的计算，成功地将男孩眼部的外直肌退后了0.5个毫米，整个过程完全合乎规范。庞安还记得，当那个孩子被推出手术室后，她的这个男同事对她做出了一个胜利的手势。他显得很兴奋，毕竟，这也是他第一次主刀。

但是当天中午庞安就发现了异样。他们去病房探视那个孩子的术后反应，孩子刚刚从麻醉中苏醒，双眼都被绷带扎着，他很坚强，只对庞安说，阿姨，我有些痛。庞安还表扬了他，说他真是一个勇敢的男子汉，因为他只感到了“有些痛”。可是，渐渐地庞安就惊恐起来，因为她注意到这个孩子总是下意识地用手去捂自己的眼睛，而他每一次伸出的，都是左手。他用左手去捂自己的左眼。这个细节显然也被那个男同事注意到了，他们从病房出来后，庞安看到这个男同事的整张脸都煞白着。他们都意识到了，自己有可能犯下了不可原谅的错误——他们把本来应当开在右眼的刀开在了男孩的左眼。可是这个过失太荒诞了，以至于他们谁都不敢主动开口去证实一下，他们本能地不允许自己承认会犯下如此的过失，如果事实真的如此，那么这个过失即使是算作罪行都毫不勉强。整个世界一下子变得抽象了，全部凝聚成一股力量针对着他们那两颗小小的心脏。他们谁都没有说话，分开后各自去寻求解脱的方法。但是解脱注定是无望的，他们唯一可以蒙蔽自己的，就是把这一切当作一场噩梦。

受害者只是个孩子，他并不能意识到自己所受的伤害，他无法区别医生们的手术刀下在哪里才是正确的。所以那几天一切如旧，世界照样运转着。本来这种手术三天后就可以去掉绷带了，但是，作为手术的实施者，他们找出了许多借口，无望地延宕着那一刻的来临。

男孩眼上的绷带早晚要被揭开，这就如同死亡一般无可避免。随着那个日子的临近，庞安陷入了某种病态的亢奋。她开始漫无目的地收拾起自己的行装，把自己的宿舍搞得一片狼藉。终于在一天夜里，她的那个男同事敲响了她的房门。当庞安打开门的一瞬间，就被他几乎要扑倒般地拥抱住了。他抱着她说，我们逃跑吧！这句话让庞安看到了自己的绝望，原来在她的潜意识中，逃跑的这个欲望已经是那么的强烈，所以她才会身不由已地整理起行装。

我的叙述在这里停顿了片刻，因为，我回忆起了那一夜庞安在我怀里的挣扎。她的挣扎不是那种拒绝的姿态，一切都发生得极度慌乱，我们都没有自觉的意识，所以她不可能是在拒绝我。她柔韧地起伏着，她的腰肢那么有力，让我觉得自己是浮在一个连绵不绝的海浪之上，当她剧烈地战栗起来时，我又觉得她是一条刚刚搁浅的鱼，依然有足够的力气扑腾着。

这种可靠和真实的拥抱支撑住了他们。他们开始镇定起来了，并且在第二天就在大家面前公开了他们之间的关系。他们的手挽在一起，紧紧地倚靠住，有一种梦幻般的依赖感。他们安静地等待着一个日子的来临。那个男的说他会把一切责任都承担下来，不过，说完后他又说起了自己的父母，他说他的父母费尽千辛万苦才把他培养成了一名医生，如今就这样断送掉了。说的时候，他哭了，完全像一个无辜的孩子那样，扑在庞安怀里，把眼泪和鼻涕蹭在庞安的胸口。

他们都准备好了，但是结果却大相径庭。那个男孩的病情突然急转直下，癌细胞以令人震惊的速度扩散到了全身，他眼上的绷带还没有打开就死在了医院的急救室里。他的父母悲痛欲绝，他们无法接受这样的事实，他们本来是坚信自己的孩子终究会健康并且美丽的。悲痛令这对父母忽略了一个重要的伤口,直到这个孩子的尸体烧成了灰烬,他们也没有去区分那道伤口的左右位置。

这似乎是一个侥幸的结果,一个性质恶劣的事故被一个男孩的夭折掩盖了。庞安显然不能因此心安理得。那个男医生也不能,他无法想象,那个孩子在另一个世界里双眼都斜斜地散乱着——他们将男孩那只正常的左眼向外调整了5度——但是这个想象却在他的脑子里挥之不去。

后来他们结婚了,这几乎是必然的。他们没有举行任何仪式,一切都进行得不露声色,以至于很久以来大家都以为他们是未婚同居。他们的婚后生活也是如此,很少有激烈的时候,如果说他们之间有过沸腾的时刻,也就是那个他们怀着“逃跑”之心的夜晚了。

H

这个看起来多少有些牵强的故事被我讲得断断续续，我得承认，我是有些力不从心。 在讲述的过程中，乔戈带着我连续更换了好几个地方，我们从那家餐厅出来，先是去了一家酒吧，然后又去了一家酒吧，那时候，我只能凭着残存的意识来区别这两家酒吧的不同了：前一家的服务生穿着白衬衫；而后面的这一家，服务生突然变成了一群身穿藏袍的姊妹兄弟，他们热情奔放，不由分说地拉着我们的手，围着一架庞大的木质转经筒跳起舞来。我们脚步蹒跚地转着圈。我根本无法想起，我和乔戈是从哪个时刻开始了豪饮，当然我也就无法记清我们究竟喝了多少啤酒。我只记得我们始终在喝。后来我们又坐在了街边的一个烧烤摊前，依旧在喝。

这时候我的舌头已经僵硬了。我觉得整个食道都火辣辣地痛，啤酒奔涌而过，就像刀子奔涌而过。可即使如此，我还记起了一些遥远的事情。我在这样的状况下，根本无视眼前的处境，反而是那些遥不可及的事情，更加令我牵肠挂肚起来。我问乔戈记不记得三年前兰城发生过一起用锦鲤贩毒的案件，他说他当然记得，我不太相信他，我觉得他喝多了，如果我问他记不记得我们相识已久，他也会说记得的。我问他那个案件结果怎样了，他说开了公判大会，一下子枪毙了五六个。我觉得自己的心被攥紧，稍微迟钝了一下，我发现攥紧了自己心的，并不是五六个这个数字。我问他，其中有一个女人吧？

女人？乔戈嘟囔了一句什么话，然后断然否定道，没有，根本没有，全是男人，兰城因此一下子多出了五六个寡妇。

怎么会没有女人呢？我更加确信他是喝醉了。那个女人从记忆里向我走来，她胸前的那条锦鲤栩栩如生。我说，你喝醉了。然后我就人事不省了。

当我醒来后，第一眼看到的却是那个名叫徐未的女孩。我当然有些恍惚，觉得她和那口鱼缸都似曾相识。我看到她躲在那口鱼缸后面，透过水和玻璃观察着我。那双鱼缸后的眼睛再一次令我心生凄凉。然后我看到了乔戈，他和我一样，倒在一组奇大无比的沙发上面。我想我这是到了乔戈的家了。

我撑起身子，勉强让自己坐了起来，对女孩笑笑说，你看，我们又见面了。她依然躲在那口鱼缸后面，依然一动不动地看着我。我感到了尴尬，还有一些没有原因的忐忑。我说，我和你舅舅恰好成了同事，嗯，的确是太巧了。

女孩依然沉默不语。当我又要忍不住倒下去时，她突然清晰地向我问道，庞安是谁？

庞安？我陡然惊醒，喃喃自语道，是谁？

你不知道吗？女孩终于从那口鱼缸后面站起来了，她说，你们嘴里都在叫着这个名字。

仿佛是要证明她的说法，这时候睡在沙发上的乔戈翻了个身，嘴里发出了一声梦呓：庞安。

我苦笑了一下，说，我也叫庞安了吗？你看，又巧了，庞安恰好是我和你舅舅共同的朋友。说完这句话我的胃就沸腾起来，我跳起来向卫生间冲去。然而我忘记了自己是在一套陌生的房间里，因此我的样子完全像一只无头苍蝇。是女孩给我指明了方向，她向我大喝一声，左面！

当我从卫生间将自己的胃清理得空空如也，重新走出来时，女孩已经为我沏好了一壶绿茶。我们相对而坐，仿佛两棵树，一棵形容枯槁，一棵青翠葱茏。我们这两棵树都沉默不语，只有绿茶的芳香袅袅浮动。那口鱼缸如今被装上了一只小功率的水泵，这只水泵勤奋地工作着，制造出的气泡发出嘟嘟囔囔的水声，像一个人周而复始的抱怨。我觉得自己的听觉发生了奇妙的变化，现在，我觉得这只水泵发出的声音反而是一种最彻底的寂静之声，在这种彻底的寂静之中，我甚至听到了那条锦鲤窃窃私语般的喋喋。

乔戈依然在酣睡，但是睡得很不踏实。他的梦境一定杂乱无章，他叫出了庞安的名字，说了些莫衷一是的话，而且，居然还咕哝出了几句诗：

即使明天早上
枪口和血淋淋的太阳
让我交出青春、自由和笔
我也决不会交出这个夜晚
我决不会交出你

我决不会交出你！乔戈在梦中举起了一只拳头，如同呼口号一般地叫道。不错，果然就是那首《雨夜》。女孩眼睁睁地看着我，显然是想要听我解释些什么，但是我哑口无言，只有捧起茶杯，以此掩饰自己内心的慌张。

我决定离开了，回医院去。女孩挽留我，她说，这么晚了，干脆住下吧。我说，不了，明天还有几个手术等着我呢。她要求送送我。我拒绝说，不要了，的确已经很晚了。她却不由分说，自顾走到门前换上了鞋子。

我们走出了房间，房门刚刚在身后关住，女孩就很自然地用胳膊挽住了我。这似乎没有什么大不了，似乎只是女孩子们习惯的动作。楼道里的灯是声控的，然而我们的脚步是那样的轻，居然没有唤醒任何一盏灯的光明。女孩就这样依偎着我，穿过黑暗，一直陪着我走到了小区的门口。

我们站在深夜的路边等待出租车。这时候女孩出其不意地说出一句话，那天在火车上，我看到你哭了。我还没有来得及对这句话做出反应，就被眼前的一幕惊呆了：一辆黑色的别克车从我们的眼前疾驶而过，它驶出有五十米的样子时，突然飞速地倒了回来——它就像是撞在了一面无形的墙上，又被弹了回来。它在我们面前强硬地刹住，车轮与路面摩擦时发出的尖厉之声，令夜晚都为之颤动。那个车窗在我面前再次徐徐降下，出现在那个缝隙里的依然是一双夺人心魄的眼睛。这双眼睛依然充满了我无法说明的内容，它依然像水一样泼遍了我的全身。

我的惊恐你可想而知。好在这时候出租车来了，我像一只逃命的兔子，飞快地冲上了出租车，直到车子开出很远后，我依然无法克制地觳觫不已。

I

第二天一早，我还身陷噩梦无力自拔的时候，乔戈敲响了我的房门。和他一同到来的，还有那个名叫徐未的女孩。他向我介绍身边的女孩说，这是我的外甥女，她在柳市读大学，以后说不定还需要你提供些照顾。我和女孩相视而笑，我们不约而同都装出了一副初次见面的样子，礼貌，并且含蓄。这让我们之间有一种亲昵之感，仿佛是共同拥有了一个小小的秘密。

乔戈的脸色有些灰暗，我想这是酩酊大醉后的结果。他说他把自己的外甥女带来，是为了让女孩陪我游览一下兰城（女孩现在放着暑假）。去爬爬山吧，乔戈说，兰城是被山包裹着的城市，来兰城终究是要去爬爬山的，否则你就算是白来了。我说，恐怕我只能白来了，因为我不可能去爬山，今天还有好几个手术在等着我呢。

算了吧！乔戈不屑一顾地挥了下手说，你瞧瞧自己的这副样子，难道你也想把手术刀开错位置吗？

他的这番话理由太充分了。的确，我现在的样子一定很难看，我自己感觉得到，酒精的余威依然在我身体里肆虐，现在我比昨夜更难受了，腹腔里有种疼痛的荒芜感，连手指都微微地麻木着。这样的状态是绝对不适合上手术台的。

我去给你请假，你就安心去爬山吧！乔戈的表情有些莫名其妙的兴高采烈，我觉得在他的笑容后面，似乎有种若隐若现的嘲讽。

不过看来好像也只能这样了。

时间还早，我们三个一同出去吃早点。我们在医院外面找到一家包子铺，女孩把我和乔戈看作是两个伤员了，她让我们坐下，主动去替我们买包子。我和乔戈坐在一张桌子的两端，面面相觑。这时候我们大约都感到了对方的陌生，昨天发生的一切，昨天说过的一切，现在看来，好像都有些令人沮丧的荒谬。毕竟，我们只是两个陌生的人。所以，我有些没话找话，我说，昨晚我在你家看到那条锦鲤了。乔戈愣了一下，好像费了些力气，才听懂我说的话。噢，你看到了，他说。然后他说三年前当他结束了那个会议，乘上返回兰城的火车时，忍不住拨通了庞安的电话。他在电话里只“喂”了一声，就被庞安的哭泣打断了。庞安悲伤地呜咽起来。她说，它死了！这句话令他大吃一惊，他说他当时的第一个反应就是，死掉的是庞安的丈夫。当他终于弄清楚，死掉的其实不过是一条名叫锦鲤的鱼时，心里不免觉得庞安实在是小题大做。令他更加无法理解的是，其后的几天，庞安居然时常在深夜里把电话打给他，问他，那天清晨 7 点钟的时候，他们在做什么。是啊，那天清晨 7 点钟的时候我们在做什么？乔戈说，我回忆了无数遍，答案也只有一个，那就是，我们通宵达旦地背诵了诗歌，一直到第二天的清晨，除此之外，我们还能做些什么呢？我对庞安说我们是在背诗，可她显然对这个答案并不相信，依然不屈不挠地盘问着我。后来我搞清楚了，那天清晨 7 点钟的时候，庞安家里停电了，她养的一条锦鲤由于缺氧而死掉了。可我觉得这并不应当成为问题，尽管那个时候我们的确是在宾馆的房间里背着诗。难道，那些诗要为一条锦鲤的死亡承担责任吗？乔戈愤愤不平地说。

他的情绪有些不耐烦，似乎对于庞安的这个话题感到了厌倦。他似乎已经通过酒精把对于庞安的热情全部燃烧完了。他完全是凭着一股惯性继续说道，但是锦鲤这个词却在我的脑子里种下了根，我倒想看看，这究竟是种什么样的鱼。我在花鱼市场找到了这种鱼，觉得也无外如此，好像并没有什么非同小可的，我就想，也许柳市的锦鲤会有些不同吧，所以我就让徐未捎一条给我看看，结果你瞧，我还是没有看出什么玄奥，它和我们兰城的锦鲤大同小异。

我不能认可他讲的这些话。我说，既然庞安对一条鱼的死亡念念不忘，那么她一定有她自己的道理。也许这种鱼真的非同凡响，要不当年你们兰城的贩毒分子怎么也会选了这种鱼来运输毒品呢?

谁知道呢！乔戈已经彻底丧失了说下去的兴趣，他调侃道，也许，是这种鱼的肚子格外大吧。

毫无根据，我突然产生了这样一个古怪的臆想：也许，乔戈家里的那条锦鲤的肚子里，正藏着一袋沉甸甸的毒品。这当然是无稽之谈，可是依然让我感到有些紧张不安。

这时女孩给我们端来了热气腾腾的包子。乔戈的情绪很焦躁，他吃得神不守舍。我发现，这也许不完全是酒后的症状了，他似乎怀揣着心事。然后他就接了一个电话，但是他却一言不发，只是听着，脸上似笑非笑。我觉得我从他的表情中看出了某种深不可测的冷酷和残忍，那也许是另一个我已经无力再探究的故事的序幕。

乔戈接完电话后匆匆离开了我们。我要去上班了，你们好好去爬山吧！他说。

于是只留下了我和那个女孩。女孩吃得很认真，我看到她的坐姿非常挺拔，她直直地坐在那里，身体里仿佛打着一截钢筋。她目送着自己的舅舅离开，然后向我有些不好意思地笑了笑。我舅舅对我很好，几年前我的父母在一起交通事故中死掉了，舅舅就照顾起我的生活了，是他在供我上大学。女孩说。

我知道她这是在对我表达她对自己舅舅的爱。但我也从中听出了另外的一层含义，那就是，她从自己的舅舅出发，对我也表达了一种完全的信任，因为她爱她的舅舅，而我，又是她舅舅的朋友，于是我们之间也被一种情感串在了一起。

我们吃完了包子，重新走到清晨的大街上。但是我对爬山毫无兴趣，而且，在这个清晨我突然感到了一份隐约的威胁，我觉得似乎总有一双眼睛在某个角落盯着我。我想起了乔戈昨夜的一句话，他说兰城因为那件贩毒案一下子多出了五六个寡妇。这句话令我觉得这个清晨的兰城有着一股凄怨之气。我那依然处在酒后麻痹状态的大脑，浮现出这样的画面：有一个女人，她捧着一条锦鲤在我的身边若即若离。这个女人是由若干个女人组成的，她们分别是庞安、徐未，以及那个我并未看清楚长相的女人，她们交替着轮番出现，但是扑朔迷离的她们在我的记忆里都共同地捧着一条锦鲤，这是一种水淋淋的巧合，让我觉得仿佛这个世界上每一个女人都曾经捧着一条鱼。她们捧着鱼，难免就要令我想到水。

我不想把自己暴露在光天化日之下的兰城。酒后的我是那样的羸顿。我向女孩提议，我们还是不要去爬山了，不如就去我的房间坐坐吧。女孩没有表示异议。她又把我的胳膊挽了起来，把我们在盛夏里赤裸着的胳膊缠绕在一起。

我住在医院的专家楼里，房间类似宾馆标准间那样的布局，有两张床，一台电视，当然还有可供洗浴的卫生间。女孩进到房间里后，就提出要去冲个澡，她说她太热了。这也是实情，尽管还是清晨，但我们都被热气腾腾的包子搞出了黏腻的汗。她进到卫生间去冲澡，我躺在床上，有种巨大的空虚。我决定给庞安打个电话，我想告诉她，我已经完成了她交给我的任务，“看望”了她的乔戈同学。这个决定一产生，我就开始在心里面追问起来，庞安为什么要让我看望乔戈，她的用意何在？在她的意识里，我们这两个男人的会面一定是有着某种价值的。

庞安在电话那头向我“喂”了一声，她说，是你吗？

我说，是我。

她说，你的声音怎么有些奇怪？怎么了，病了吗？

我说，我见到乔戈了，昨夜我们在一起喝了许多酒。

电话那头沉默了。我也一下子觉得无话可说。我们好像都在等待着，好像都觉得是对方要说出些什么。这像是一场遥遥无期的对峙。最后是我沉不住气了，我说，乔戈告诉我，那条锦鲤死的时刻，你们在宾馆的房间里背诵着诗歌。你们只是在背诵着诗歌，我不由自主地又补充了一句。然后，电话那头就传来了忙音。电话被庞安挂断了。但是给我的感觉却是，我根本就没有拨通这个电话，我只是握着听筒在喃喃自语。我放下电话，重新在床上躺下。但是电话铃声却响了起来。我抓起听筒，里面传来庞安没有任何感情色彩的声音。她说，不，林楠，那个时刻，我们在宾馆的房间里做爱。

听筒里再次传来空旷的忙音。

我的手垂在床边，那只电话从我的手中滑落下去，只有红色的电话线勾在我的指头上。笼罩着我的，是一种无动于衷的孤独感。我甚至为自己的这种无动于衷和孤独感到了羞耻。我感到有些冷，这才发现悬在头顶的空调的风向正对着我，出了汗的身体被冷风一吹，有种被针刺的感觉，令我的皮肤浮起了一层鸡皮疙瘩。

数年前，当我独自走进医院的太平间时，身上也浮起过一层鸡皮疙瘩。我是去看那个男孩的，没有费什么力气，我就从那些蒙着白布的尸体中找到了他。他太小了，蒙在白布下只有一个枕头那么大。我掀起了他脸上的白布，看到他如同睡去了一般的恬静。病痛的折磨依然残留在他的脸上。那是一种没有丝毫侵犯性的狰狞，并不令人恐惧，只是令人心痛莫名。我找到了那个伤口，它恢复得很好，也许再长一长，就会和预期的一样不会留下任何痕迹了。我看到了，这个伤口的位置并不像我已经认定的那样处在一个错误的位置上，我甚至用自己的双手在心中判断了一下左右，结果是，那个伤口的位置的确是正确的。它在右面，不在左面。这个事实没有带给我丝毫喜悦和欣慰，我觉得整个人都丧失了力气。男孩生前左手的动作，也许只是一种无意识的行为，也许，只是牵拉后的眼外肌令他感到了左眼的不适，但是他的行为，却令我们如此的绝望。折磨着我们的，只是我们心中那种与生俱在的莫须有的恐惧。

我依然躺在空调的冷风里，我把自己置于冷风的覆盖之下，这种有些自虐意味的行为，不禁令我潸然泪下。

女孩在卫生间里待了很久，当她出来时，我已经昏昏欲睡了。我依稀看到她站在我面前，正用手整理着自己肩膀上一条窄窄的吊带。她穿的是那种紧身的小背心，短短的，露出一截光滑的肚皮，那枚肚脐肉嘟嘟的，像一个饱满的漩涡。

她在我身旁的椅子上坐下来，一边摇摆着头发上残留的水迹，一边说，那天我在火车上看到你哭了。我不置可否地哼了一声。她大约觉得有些失望，认为她的话并没有引起我的足够重视。所以她继续引诱般地说，我给你讲个故事吧。我点点头，努力让自己显得兴致勃勃。

女孩说，我有一个男朋友，他是我的大学同学，来自遥远的云南。

J

我们是在学校门口的公用电话前相识的。那天我急需打一个电话给舅舅——我的宿舍被盗了，我损失惨重——但是校门口的那排公用电话都被人占着，焦急的我只能在每个人背后乱转。每一部电话的使用者都仿佛有着说不完的话，根本没有放下话筒的意思。好不容易有个家伙挂了电话，可是我恰好转到了另一头。当我飞奔过去时，另一只手已经拿起了话筒。他是一个又瘦又硬的家伙。他的瘦是我能够看得到的，而他的硬，我用不着触摸就可以确定。我认为这就是感觉了。是的，我对他有了感觉。他有着非常标准的身材，面孔算不上英俊，但很好看地有着一股孩子气。有的成年人长着一张孩子脸显得古怪，而有的却非常自然，让人觉得标致，他的脸就属于后者。其实他脸上的孩子气是由于一个缺陷造成的，他的右眼有点斜视，而这个缺陷却使得他的那张脸迷人起来，这真的是很奇怪。

我们在一部紧俏的电话前遭遇，他看了我一眼，然后把电话递给了我。我真的被他打动了，他的瘦和硬，他令我喜欢的孩子脸，他友好的举动，让我在一瞬间萌生出爱意。我一下子变得心猿意马，拨通家里电话后都只是匆忙地说了几句,向舅舅汇报了我的损失后就飞快地挂断了电话。我怕我再也不会看到他,怕他从此消失掉。追出几百米后,我在一个书报亭前堵住了他。

这就是我们的开始,依靠青春的直觉和勇气,我撞开了爱情的门。原来他是化学系的,我们分别在两个不同的学区上学,如果不是盯上了同一部电话,也许我们一辈子都没有对视的机会。

可是现在我们相爱了,会热乎乎地抱在一起接吻,会粗重地喘息着抚摸对方的身体。有很多同学在恋爱后纷纷搬出校门,在校外租房子同居在一起,我们也租了一间小平房,把自己的行李和爱情都放进去。我们的同居有名无实。我们在自己的小天地里舒展着年轻的身体,彼此之间毫无秘密,可以完全赤裸着拥抱在一起。我们相互抚摸与撩拨,他的欲望我不仅能够感觉得到,而且看得都非常分明。其实他是非常敏感的,往往只需要一个湿漉漉的吻就会使他坚硬。但每一次到情难自禁的关头他都会坚决地控制住自己的身体,有时还需要控制住我的身体。他会艰难地说,不!他让自己的欲望停止下来的理由是:我要你在做我新娘的那一天才给我。天!这多么让人感动!我觉得自己是遇到了一个天使,他对我的爱可以战胜肉体的欲望呢。我们疯狂地探索对方的身体,无所不包,心旌摇曳,又在身体爆裂的时刻呻吟着停顿,使之前的一切都在一种光芒中休止,没有虚空,不感到颓废,总是把那股力量蓄积在身体里。这样的同居让我产生出自豪的感觉,觉得自己与众不同,纯洁、干净,是清清白白地爱着。这是多么奇特的一种爱,她是一个奇异的秘密,给了我一种光荣的本钱,仿佛身体都骄傲起来,使自己走在校园里都是昂首挺胸的。

有一天早晨,我醒来后发现他慌乱地在擦拭着自己的身体。我问他怎么了,他的脸一下子涨得通红,扭捏地说他遗精了。我一阵大的感动,年轻的身体在清晨一瞬间湿润了。我突然紧抱住他说,要了我吧,今天我就是你的新娘。他的喘息一声比一声粗重,像一列轰隆隆驶来的火车。但是,他还是用两只手扳住我赤裸的肩膀,嘶哑着说,徐未,看着我的眼睛。"看着我的眼睛",这句话是他的标志,就好像胎痣一样长在他的身上。他在每一个他认为严重的时刻都会用手扳住我的肩膀,脸对着我的脸,用"看着我的眼睛"这句话作为诉说的开始。我说过,他的右眼有点斜视,但是在他"看着我的眼睛"的强调之下,这只斜视的眼睛就有了夺人的力量,它仿佛永远目中无人着,仿佛永远注视的是另外一个神秘的方向。我看着他的眼睛听他说,我们不能够做任何有可能损坏我们爱情的事,要知道有多少爱情是被身体损坏的吗?徐未,我们不能冒这个险。我的眼泪一下子流了出来。

他就是这么教导我的,我常常为此感动得泪流满面。但是渐渐地,我却发现了一个问题,那就是,他居然不会哭！我说的是“不会”哭，这完全是病理性的，原来他除了右眼斜视，两只眼睛的泪腺还都是天然闭合着的。起初我还为此很心疼他，我觉得他多么不幸啊，一个不能流淌出眼泪的人，该是多么的可怜。我去医院咨询过，知道了这种病是可以治愈的，只需要一个小手术，就可以令他拥有哭泣的权利。但是，还没有让这个手术付诸实施，我对他就有了异样的情绪。我渐渐地不能接受，当我们一同看电影时，我被感动得流出了眼泪，身旁的他却无动于衷(起码看上去是这样的)；当我们偶尔发生了争吵，我委屈得泪流不止时，他依然冷眼旁观。尽管他说不是这样的，其实他也很感动，也很激动，他只是不会流眼泪。他还用了一句艾略特的诗为自己辩护——我们那无所依附的眷恋有可能被看作是无所眷恋。

在大多数时候我是可以谅解他的，但毕竟也有一些时候，我无法接受他流不出眼泪的感动和激动，我还是愿意看到他有所依附的眷恋。我们的爱情由于他的缺乏泪水而变得微妙起来。

这次放暑假前，舅舅在电话里提出让我替他从柳市带回一条锦鲤。你知道，我和舅舅的感情很深，我们之间更像一对朋友，他几乎对我无话不谈，但是，他除了学业，从未对我提出过什么要求，所以这一次当他对我说出了这个要求后，我就明白了，那条锦鲤对舅舅一定非常重要。我当然就去积极地落实了。我在花鱼市场看上了那条锦鲤,但是一问之下却傻了眼,那个摊主居然开价两千多元。这完全出乎我的意料,显然,舅舅对此也是一无所知的,否则他不会给我出这样的难题。我并不想向舅舅要这笔钱,我觉得我自己应该送给舅舅这个礼物。所以我就开始和那个摊主纠缠起来,软磨硬泡地和他讨价还价。那个摊主是个老头,顽固而又冷酷,他根本不为我所动。但我却是下了决心的,一天不成就两天,我在那段日子几乎天天跑到花鱼市场里,围着那个摊主团团转。终于有一天,他的态度有所松动了。

那天傍晚,我照例守到了他收摊的时候。那时候已经很晚了,整个花鱼市场的人几乎都已经走空了。我还帮他把几口鱼缸抬到了房子里,就是在那个时候,他突然抱住了我,这时我才发现,他不知什么时候已经放下了外面的卷帘门。我惊叫起来,身体下意识地挣扎,于是半个身子就趴在了一口鱼缸上面。鱼缸中那股特殊的气味一瞬间灌满了我的肺,它是那种潮湿的水汽,有股生铁般的锈蚀味,吸进去后使我缺氧般的没有了一丝力气。那个老头的力气太大了,他掀起了我的裙子,从后面进入了我的身体。我没有感到疼痛。我不知道是什么使自己失去了知觉,或者是身下的那口鱼缸,或者是被男朋友无数次地抚摸之后,身体已经在一次次虚拟的高潮中丧失了灵敏。我只觉得自己在失重中被涨满,再被抽空。我的上身俯在鱼缸上,长发低垂着漂浮在了水中。

我抱着一口鱼缸回到自己租住的小屋。我甚至没有感到过分的痛苦,我只是觉得自己终于得到那条锦鲤了,至于付出的代价,因为太惨重,所以就被我不自觉地忽视着。可是,我显然不能够一直这样自欺欺人。我把自己所受到的伤害告诉了自己的男朋友。听完我的话,他的眼睛都红了。他突然就开始剥我的衣服,恶狠狠地,像一头狼在剥自己猎物的皮。他以爱情的名义坚守住的一块阵地却被人偷袭了,他的爱情被暗算了,他带着复仇般的决心全力以赴地要脱光我的衣服。明白到他的企图后我立刻恐惧了,我确凿地知道,一旦让他得逞,我们的爱情就真的完蛋了。难道用伤口可以覆盖住伤口吗?我哭号着挣扎,从他的手中挣脱,在房子里来回奔逃。最终我还是被他捉住,他把我摁在地板上,一只手揪住我的头发死命地往下扯,直到让我的半边脸紧紧地贴住了冰冷的水泥,一动也不能动。他的力气真大啊,我的脸在他的摁压下被地面挤得变了形,几乎要陷入坚硬的水泥了。我已经没有了声音,但眼泪其实还在不停地流下来。我的衣服被他粗暴地撕去。我在他凶猛的侵犯下感到了撕心裂肺的疼痛。我处女的身体被那个老头袭击时没有感觉到痛,可是现在却痛彻了肺腑。他像一匹悲愤的狼在和自己撕咬,最终从我的身上轰然倒塌下来。我们躺在地板上,月光照着我们毁坏过的赤裸的身体。以前我们也在地板上嬉戏过,在筋疲力尽后也被夜晚的月亮这样抒情地笼罩着。我的眼泪始终在流淌，我觉得我可以原谅他，我甚至那么心疼他。但是，当我借着月光去凝望他时，我的心彻底地冷却了。

是的，我看到了，他的脸尽管充斥着痛苦的风暴，但是，却没有一滴眼泪。

K

这是我此番兰城之行听到的最后一个故事。当然，它同样经过了我适度的加工。

后来当我替女孩打开胸罩背后的扣子时，她再一次说，那天我在火车上看到你哭了。然后她就喋喋不休地重复着这句话，最后使之成了一种节奏：哭了，哭了，哭了，哭了……

我在这种令人惊愕的伴奏中，再一次重温了我和庞安之间的那个“逃跑”之夜。最后，当我气喘吁吁地停止下来时，女孩也以一个“哭了”终止了声音，仿佛一个戛然而止的休止符，为我的兰城之旅画上了句号。

然后我把她送出了医院。我们之间的确无话可说了，连她那样青春的身体都被火焰付之一炬了，更何况我这酒后的中年男人的身体。经过医院的大门时，我看到那个门卫对我们报以好奇的眼光。他知道我是外省来的医生，令他好奇的，当然是我身边的女孩了。他可能有些难以理解，心想我是如何勾搭上这么一个青春的女孩的。其实连我自己，对这样的局面也是难以理解的。

外面阳光酷烈，医院前的马路都被晒起了袅袅的热气。我把女孩送上了出租车，目送她消失在我眼前。然后我就看到了马路对面的那辆黑色的别克车。我是怀着一种悲欣交集的心情看着那个女人走向我的。我依然无法看清她的脸，我的目光依然是被她胸前绣着的那条锦鲤所吸引。她来到了我的面前，以她自己的理由向我亮出了那把匕首。阳光一闪，我的一只膝盖就跪在了地上。刹那间，我感到自己眼前的那条锦鲤掉头而去，以一条鱼标准的姿态消失在明晃晃的空气中。天空无限明亮，它仿佛是被那轮烈日融化了，思之不禁令人心酸，但是，在这心酸之中，我也觉得自己居然有些不可捉摸的幸福之感，这令我对自己受到的伤害不再感到委屈，其实那并没有什么玄奥，我只是无力为之申辩。

苟言出

大学四年，从警五年，算起来，迄今人生已经在架子床上断断续续睡了九年。没什么意外的话，可能还得隔三岔五地睡九年。躺在上铺往窗外瞧，夜色氤氲，所门口的警灯无声闪烁。对面超市门前的投币木马也旋转着同样的彩灯，没谁玩，它也播放着儿歌。这让人产生错觉，仿佛我们是一家游乐场的守夜人，身后有摩天轮隐现或者七个小矮人出没。

此刻要是从宿舍冲进夏夜，不啻于跳进沸腾的大锅。和冬泳一个道理，那得有点儿勇气。楼下值班室的电话响个不停，好在没什么大事需要出警，但谁也说不准。外面太热，晚上好像更甚，地面蓄积了一天的热力开始蒸腾。暑气弥散，像是黑夜对白昼的反攻倒算，还好所里给装了空调。去年夏天，宿舍还是靠风扇降温的。

报纸上说这个夏天的高温破了六十年的纪录。我还不到三十岁，反正长这么大我没被这么热过，小吕却认为这在他们家乡根本算不得什么——如果他们家乡的夏天是一百度，现在我们承受着的，顶多才六十度。小吕是新疆人，住在火焰山山脚下，那儿真会这么热吗？他的说法让人感觉大家是被扔在同一口大锅里的青蛙，但一般苦，两样愁，有人已经将要被煮熟，有人却还在惬意地蛙泳。

我还是挺爱值班的，因为接着可以休息一天。再过一周，我就要去封闭集训，市局组织篮球赛，我被挑中了。那样一来，就有段日子不能回家了。小吕和我心思一样，他是想值完班就能多出一天时间去陪女朋友。小伙子正在热恋，女孩刚刚大学毕业，还没找到工作，有大把的时间需要有人陪着一起打发。而我是想在家多陪陪我妈。

我们每隔四天值一次班。我是主班，小吕是副班，还带着几个协警。他警校毕业分配到所里，我们就成了搭档。我算是他师父。值班当天，小吕会提前准备好休息日的便装——这像是吹响了他约会的预备哨——牛仔裤什么的，能让他摇身一变，精精神神地去约会。他长得帅，个头和我差不多，要不是单薄些，肯定也会被抓去打篮球。因为个儿高，有几次我俩还被法院临时借去押嫌疑人上庭。都是大案子，电视台要播新闻，两个高大的警察上镜，将嫌疑人夹在当间儿，那效果不言而喻。

值班的时候小吕很快活，一副随时会唱上几句的高兴劲儿。其实我也是这样的心情，一般早早地就让妻子做好了我妈爱吃的东西。这种精神状态不会影响工作，因为我们都感觉有了个近在眼前的盼头，心里得到了鼓舞。人的盼头很多，但近在眼前的却很少。

那天一共接警二十多起，跟高峰期比要少得多。按规定，要是没有突发事件，我们可以在夜里十一点睡觉，凌晨五点再爬起来出警。那时我们已经躺在宿舍的架子床上了，我跟他聊起片区的老奎——就是被报社记者写进文章里的那个主角。小吕听了我讲的一切后，陷入了沉思，他肯定受到了不小的启发。后来他就跳进了外面那口沸腾的大锅，等他回来，晨光熹微，黎明已近。他好像完全忘了还要摇身一变这档子事儿。

我们这一行也是师傅带徒弟。我的师傅是老郭。他教会了我怎么做警察，可惜三年前查出了喉癌，提前退休了。前段时间我去看他，老头看来已经挺不了多久了，整个人出气多进气少了。我进所的时候他可健康着呢，黑脸，皱纹像是用刀子削出来的，胸脯拍上去，让人相信能听见金属发出的咣咣声。我觉得他长得很像写《白鹿原》的那个作家，都是那种典型的关中老汉的样子。

老郭烟瘾大。后来满世界开始禁烟，所里也禁，他得空只好跑到院子里，找个拐角蹲着抽几口。有时候太忙，他忘了这茬儿，嘴里不小心叼上了烟，结果被所长撞到，挨了批评还得罚款。这规矩不太通人情。要说喉癌可能跟吸烟会有点关系，可我觉得要是放开让老郭抽，他没准儿现在还带着我巡街呢。烟就像是老郭的口粮，每天在所里抽根烟都跟做贼似的，可能就叫度日如年吧。真是委屈了老郭。他在所里干了一辈子，架子床可是没少睡。

我们这个派出所在城乡接合部，高楼大厦的背面弄不好就藏着块儿菜地。咖啡馆里坐着的，经常是光着膀子打麻将的人。一开始，要是老郭不带着我到片区走一趟，我肯定得迷路。那就是一个迷宫。有的窄道楼挨着楼，只容得下一个人通过。如果迎面也有人走进来，脾气不好的话，往往就会形成对峙的局面，搞不好还能腾挪不开地打一架。上帝说通往天堂的是窄门，每次从这种窄道挤过去，我都幻想会有一个天堂等在前面。有一回，一个女孩走进窄道里，没遇到歹徒，却遇到两条流浪狗，一前一后，前后夹击，预谋好了似的。女孩被吓惨了，打电话报警。等我们赶过去，她裙子尿得湿漉漉的。于是我挥舞着套狗杆，又充当了一回打狗人。对付流浪狗，也是我们的工作。

我师傅老郭跟谁都熟，谁见着他都会给他让烟，有点儿妇孺皆知的意思。很多不吸烟的人，见了他也能摸出一根皱巴巴的来，像是专门为了见他备了好几天似的。他有一个铝制的烟盒，上面刻着天安门前的华表，看上去恐怕有些年头了。收了递上来的烟，他就放进铝烟盒里。巡逻一圈回来，差不多能装满一盒。他也给别人让烟，但收到铝烟盒里的他不会再让出去，递给对方的，肯定是他自己的烟。这里面就有了原则和讲究，是一种德行，也是一种从警之道。我觉得，我就是从这种你来我往的让烟里，开始领悟做一个警察的真谛。老实说，这和我入行时的想象不太一样。我师傅老郭穿上警服也还是个大爷。何况，现在跟警服差别不大的制服也太多了，所里的协警，超市的保安，跟我们站一起，没点儿专门知识，你分不清谁是谁。巡逻的时候我腰里会有警具，可保安的腰里也有根棍子呢。

每个辖区都会有几个狠角色，我们的专业术语叫“重点人口”。对这些人，你得盯着点儿。老奎就是这么个人物。我到所里时他已经七十出头了。在我眼里，他要是还能算得上“重点”，顶多也就是上路碰个瓷，伏地不起，讹点儿钱什么的。可我师傅老郭不这么看，他跟我说：“别看这老汉走得慢，腰里别的都是万。”“万”就是“万货”，方言里指“东西”和“玩意儿”。好像老奎腰里缠了一圈暗器，随便亮出一件，就能吓你一跳。

我觉得老奎和老郭长得也有点儿像。第一次老郭带着我上门“认人”，我都以为他俩是亲戚。他们两个对坐在老奎家被烟熏得四壁焦黄的客厅里，彼此互不搭理，都埋着头使劲抽烟。烟是老奎自己卷的。他把烟丝铺在两指宽的报纸上，搓成棒，用舌头舔一遍，递给老郭。老郭接了，点上，反手也给他递根自己的烟。老奎应该比老郭大个二十多岁，但除了腿脚没老郭利索，背驼得厉害，看上去两个人没多大差别。也不知道是老郭显老还是老奎显小。可能关中男人上了岁数都像是一个模子倒出来的吧，跟兵马俑一样。他让老郭坐在沙发上，自己搬张板凳，矮上那么一截地坐着。老郭跟他介绍我，他瞟了我一眼，就像瞟了眼他的孙子。他可没孙子，就是一个孤老头。

按制度，对重点人口，每个月走访一次就行。可老郭基本上每周都会带着我上老奎家转一趟。有时候巡逻遛到了老奎家楼下，他也要上去歇个脚。我猜老奎沾着唾沫卷出的烟，挺对我师傅的口味。

他们第一次当我面说起老奎的案底时，我已经不算个新人了，已经习惯了偶尔上街去打打狗什么的，也不再盼望窄道的尽头就是天堂。老奎闷头抽烟，突然来了一句："早知道当年把人弄死算了，活着就是受罪！"这话跟他嘴里的烟一同喷出来，格外呛人。他的老底儿我知道，故意杀人，致人残疾，被判了十八年。可我没料到时隔多年，他还能放出这种狠话。

老奎说完扔了手里的烟卷，伸出穿着懒汉鞋的脚使劲踬。旁边就有烟缸，可他故意这么干，说明他是意欲摆出一个凶狠的态度。我静等老郭发话。我猜他会训一顿老奎，至少脸色会严肃起来，低沉地说："你这么想不对，想早死也不能拿别人的命垫背。"老奎呢，就会垂下脑袋说："对，你说得对。"因为我已经训过不少家伙了，基本上没遇到过跟我顶着干的。我想，此时老奎要是不垂下脑袋挨训，我会让他把刚刚踹灭了的烟头捡起来吞下去的。然后老郭会说："有问题就跟政府说嘛，你现在有啥困难？"然后老奎就会诉诉苦：肉价太贵，假货满天飞，乃至人心不古，女孩子穿得太暴露什么的。老人们经常就是这么跟我抱怨的。疏导民意也是我们的职责，这么一番对话，是我心里的套路。我算是个内心戏比较多的人。

可老郭压根儿没接茬。他只是递了根烟过去，然后就聊起医保、天气和附近即将拆迁的居民楼。老郭平时也不是个话多的人，这有些难为他了。他有一出没一出地说，老奎有一句没一句地听。说什么可能也不重要，就是有人说话有人听。说到拆迁，老奎身上也有劣迹。他家老屋拆得早，是这一带最先被开发了的。也就两间小平房，当年硬是被他置换成了两套一居室的楼房——不能得逞的话，他扬言就要再杀一次人。说到做到，他天天敞胸露怀坐在自家门口，地上撂着把杀猪刀，随时要给谁开膛破肚的架势。这都是老郭告诉我的。

那天老郭跟他东拉西扯了半天，临走还给他扔下半包烟。出门时我回头看了眼老奎，怎么看，埋头坐在小板凳上的这个老恶棍，都只是个与世无碍的废物了。脊柱都像是被重锤给敲弯了，还咋呼什么?

从那以后老郭带着我去的次数更多了，隔三岔五就得去看看老奎。在我看来，这事好像被搞颠倒了。老奎放了句狠话，老郭没教育他，反而像是被他吓住了。退休前老郭还专门叮咛我，让我没事也多去瞅一眼老奎。后来我一个人上门，老奎听我说老郭得了癌，那眼神，就像是挨了一棍子似的。他当时的表情，让我相信了，这厮其实早就被我师傅驯服了。

我不抽烟，跟老奎没法坐一块儿。我师傅跟他坐一块儿，即使没话，也是心照不宣和意味深长。我跟他可没什么默契。他干脆连句狠话也不给我撂。我自然也就没去落实老郭的叮咛，顶多每个月去看一眼，例行公事而已。

我太忙了。派出所警察干的事情，说出来你能当笑话听。更多的时候，我们就是个片区里跑腿的，而且谁都能使唤我们。没了老郭带着，同样的事，我干起来手忙脚乱。那些鸡零狗碎的小案件、小纠纷，老郭处理起来就是烟来烟往、举重若轻，可是让我来，怎么就有了疲于奔命的感觉。如今我成了小吕的师傅，我该拿什么给他言传身教？

小吕这个人挺爱自己琢磨事，责任心也挺强，就是跟我才入行时差不多，想象力还没落到地面上。在他心目中，警察就该是神探，破大案，捕顽凶，除暴安良，跟打狗赶鸡没半毛钱关系。我想这可能跟他正在谈恋爱有些关系，男人在谈恋爱的时候，可不都会把自己想象成一个英雄吗？否则好像就配不上一个美人。这情绪我也有过。直到今天，我也不太跟妻子说我每天都忙活些什么。我不做英雄梦了，但希望我妻子还接着做，那样回了家，我才可以心安理得地喊累。所以有时候遇着邻里纠纷之类的事儿，我都不忍心让小吕去处理。我怕这会过早地消磨了一个男子汉的英雄气。小吕和我不同，我是跨了专业，半路出家，考公务员干上的警察，他却是从火焰山脚下走出来的正规警校毕业生。我愿意看到他成长为一个我从前想象过的那种警察。

把那天我俩的值班情况捋一捋，你就能明白现实跟梦想之间有多大的差距。

早上八点半报到，户籍室打来电话，要进行境外人员办证提醒。这事让小吕来，他英语不错。但是有个别电话已经停机，只有等方便的时候上门找人了。

打完电话开始巡逻。一看油表，发现油箱存量不多，先开到加油站加油，免得在半路上抛锚。我可是吃过这种亏。

十点多，接到报警，公墓边上的苗圃有人打架。到现场才知道，昨天早上两个工人为小事动了手，其中一个吃亏大点儿的，睡了一夜气不过，醒来后索性报案。秋后算账，当事人都是一副养精蓄锐后的样子，精神头十足，谁也不让谁，只能拉回所里处理。回去后跟他们掰扯了半天，两人还是要较劲。我当然又想起了老郭。可能这事他用两根烟就打发了，而我就得把自己弄得口干舌燥。

正感慨，有人报警，说是接到了反动电话。我让小吕出警，过了会儿他把人也带回来了，是个满头大汗、一看就知道警惕性很高的那种大妈。询问，登记。兹事体大，要向上级汇报。

处理好已经过了饭点儿，食堂打饭的窗口空无一人。幸好食堂阿姨还在，不然又得上对面的小饭馆吃油泼面。那面不好吃，就是便宜。

刚端上碗，接到有人打架的报警。我让小吕接着吃，自己带了几个协警过去。路远事急，报案人情绪激动，像是要出人命的架势，上车后于是一脚油门踩到底。边上的协警落实当事人的具体方位，对方却报出了邻近派出所的辖区。这叫错报，汇报给指挥中心，掉头回去接着吃。

也就是刚放下碗，所长指示：最近辖区盗窃案件多发，最好召集几个小区的物业开会通通气，想想对策，同时给居民拟一份“警方提醒”。这活儿我干吧。说实话，我不太好意思让小吕去趴着写安民告示。

才开了个头，接到报警，某公司门口发生纠纷，小吕跟着我一起赶过去。烈日之下，一派安宁，压根儿没什么状况。街面上几乎没有人影，别说人影，连阴影都没有。正午的艳阳直射着，马路明晃晃的宛如一匹发光的银练。跟公司的门卫打听，原来人已经走了。“就是小两口闹别扭。”门卫的答复听上去还有点儿幸灾乐祸。

回到所里，有报案人等着，是个姑娘，说是“心爱的”电动车被盗了。她说不出电动车的型号，只说得出电动车对她的重要性——男朋友送的生日礼物，“是世界上最漂亮的电动车”，小吕耐着性子做笔录，我继续写安民告示。

刚写好，有人报警在饭馆被偷。还没赶到现场，又接到报警，一家塑胶公司发生了纠纷。兵分两路，小吕去处理饭馆盗窃案——好歹这也算是个刑事案件；我到了塑胶公司，却是一场劳务纠纷。打工的觉得老板给的少了，双方不同意调解，我只好告知他们可以到劳动仲裁部门处理。

回所的路上接到社区的电话，说他们晚上有个群众活动，可能参与的人比较多，需要我们帮助维持秩序……

差不多就是这些事。

黄昏的时候稍微消停点儿，小吕自己去了片区。有人报警说邻居在家里制毒，我没怎么考虑就把这案子交给了小吕。开始他挺兴奋的，像是张网以待，翘望已久，终于来了条大鱼。涉案的那栋楼我知道，教育局盖的，里面住的都是中学老师。报案人是位退休的校长，信誓旦旦地说，以他对化学知识的丰富掌握，完全能够通过阳台上飘来的怪味儿做出判断。他的邻居也是一对教师，两口子带着个十多岁的孩子，女主人倒还真是个教化学的。可查来查去，一点儿证据都没有。小吕不太甘心，加上老校长半年报了五十多次警，这个案子就成了小吕的心事。他不觉得我们就只能写写安民告示、追回一辆“世界上最漂亮的电动车”。倒也是，前几天别的片区还发生了大案子，几个女孩把个酒吧老板捅了足有几百刀。

回来后小吕眉头不展。他说他又趴在老校长家的阳台上闻了半天，隔壁飘来的只有红烧肉味儿。我想的却是这会儿的阳台上怕是得有五十度的高温。不知怎么，在这个夏天我总是觉得夜晚比白天更难熬。白天的热正大光明、不由分说，但晚上的热却显得没有道理。没有道理，就热得更加令人不堪忍受。

那天晚上社区的活动就是广场舞表演，实际上围观的人并没有他们想象得那么多，他们高估了自己的风头。过去后看了看情况，安排几个保安维持秩序，我和小吕徒步去人员密集的场所巡逻。小吕懂事，他以见识过真正酷暑的火焰山人的善意，让我尽量钻到商场里去，巡街的苦差由他来干。真是热啊。巡逻时还得扎起腰带、戴上帽子。从商场走到街上，我感觉会被烫一下，从街上进到商场，我又感觉会被冻一下。每次进出，心里都一惊一乍，让人畏缩。我本来是农大毕业的，“解民生之多艰”是我们的校训。眼下干的活儿，冷热交替，打摆子一样，让我觉得真是“多艰”。

那天算得上是平安无事，我们本来可以睡个好觉。顺利的话，第二天早上八点半交了班，小吕就能摇身一变，去会女朋友了。我也可以带着冻好的饺子去看看我妈。我爸去世得早，年前我妈起夜时摔了一跤，摔断了股骨头，手术后就卧床不起了，只好找了个小保姆陪着。结果当我说完了老奎的事，小吕又跑出去忙活了大半夜。他不在，我也没睡踏实。一开始他可能并没留意听我说话，躺在下铺憧憬第二天的约会。可我是故意要说给他听的，就一直往下说。他果然听进去，领会了我的苦心。我只是没想到他会那么雷厉风行，当机立断就跑去印证自己的猜测了。

老郭退了休，我按部就班，每个月顶多到老奎家转一圈。后来有一次我再去的时候，家里却没人了。我当时也没怎么放在心上，下楼顺便问了句，一个老太太告诉我有日子没见着老奎了，“不知道死哪儿去了。”她这么一说，我就有点担心。老年人鳏寡孤独，死在家里都没人知道，这事也不是没发生过。回去跟所领导做了汇报，我喊来锁匠打开了老奎的家门。屋里空空荡荡，家徒四壁，死的和活的都没有，但看得出有日子没人烟了。

老奎他失踪了。这看上去也不能算是件事儿。老奎有老奎失踪的自由，谁也没规定他只能窝在屋里卷烟抽。我猜他没准出门旅游去了。他的经济状况还过得去，有套房子出租给别人。如今这一片的房价可不低。我让锁匠师傅换了新锁，给邻居留了话，关上了老奎的家门。

我去看我师傅老郭时，把这事跟他说了。他一听就有些要跟我急的样子。“旅游个屁！他老奎要是会去旅游，我就会去逛窑子了！”老郭冲着我吼。我一下子没太听明白，但我不想惹老郭生气，他正在进行保守治疗，效果如何，谁都没底儿。“你去申请协查一下，看看市里有没有发现无人认领的死尸。”他这么说我就听懂了，他是担心老奎真的死在外面了啊。“也去收容站问问，人老了糊涂，说不定遛个弯儿自己就找不回去了。”老郭接着指示我。

回去后，这两件事我一一落实了，但都查无其人。就在我发愁该怎么给老郭交代时，半个月后，老奎自己冒出来了，而且冒出来的方式完全出乎人的意料。一天夜里，他竟然打报警电话，说是自己在家摔倒了，现在根本爬不起来。赶过去的路上我还纳闷，新锁的钥匙在我手里，他是怎么进的家门呢？

老奎家的门虚掩着。我推门进去，以为会看到卧地不起的老奎——年前我妈摔断腿就在地上躺了一夜。我妈常年独居，电话又不在手边儿，第二天早上邻居听见屋里有人哭才发现出了事。看到我后，我妈委屈得像个孩子一样号啕不已。我从没见我妈哭得那么凶过，她真是伤心极了。可是老奎佝背坐在小板凳上。客厅灯泡的瓦数太低，就照亮着他头顶那一圈，其他角落一派昏暗。他就像是孤零零坐在一个黑暗的舞台上，被追光灯示众般地圈定着。

老奎三十岁才娶上老婆，当时这块地方还是一片良田。他就没干过什么农活。换一个时代，他能在梁山上谋个差事。入狱前他就是村里的混混儿。三十五岁的时候，他终于把自己混到大牢里去了。十八年后回来，老婆孩子都没了。二十多年过去，良田变成了高楼，姑娘们的裙子越穿越短，当年的村霸一个人坐在了三十瓦的灯泡下面，就这么苟延残喘着老去了。

他并没摔跤，更谈不上爬不起来。说白了，老奎报了个假案。可我不知道他意欲何为。看到我，他也没话，并不解释自己的作为。我拉下脸批评了他几句。他就那么听着，过了会儿，开始卷烟。卷好后，下意识地给我递过来。我猜他把我当成老郭了。递烟的手在半空有个停顿，随即他醒悟过来，缩回去塞到了自己嘴里。点火，手哆哆嗦嗦，看着让人着急。想到了老郭，我就对他客气点儿了。问他这段日子跑哪儿去了，他也不吭声，就是埋头抽他的烟。间或把一口痰吐在地上，然后用脚蹭。我没话找话，问他怎么进的家门。他不屑地回我一句：开个锁费啥劲吗？我去看了看，门已经换了锁。这钱我得给他，毕竟前面那锁是我给他换的。他不说要，也不说不要。我没什么耐心了，塞给他二十块钱。我的手跟他的手相触的那个瞬间，他连钱带手一起抓住了我，像是激起了某种动物性的应激反应。可能不到一秒钟的时间，但我有着突然被什么抓牢了的感觉。

这事还不算完，几天后老奎又报警了。还是说他摔得起不来了。即使知道这回八成还是个假案，我也得上门去看看。果然，老奎照旧坐在小板凳上，臊眉耷眼，像个坐在黑暗舞台中央的老猿猴。不同的是，这回他竟然泡好了茶等着我。茶泡在一只破搪瓷缸子里，我闻了闻，可能是那种需要熬制的砖茶。我像是能听到熬茶时发出的噗噗声。那么好吧，既然请我喝砖茶，老奎你总得跟我说说干吗老折腾我。他不作说明，倒是跟我聊起他前段时间跑出去干吗了。我从来没听过他说那么多话。其实，我差不多就没怎么听过他说话，但这天晚上他却对我打开了话匣子。

老奎说他是去找自己的闺女了。

他先去了重庆的云阳县。循着记忆，他看到的却是一片滔滔江水——当年这里不是连绵的青山吗？那一刻，他以为自己真的是老糊涂了。原来那里如今已是三峡库区，昔日的村落十几年前就搬迁了。这就叫天翻地覆，沧海桑田。老奎不甘心啊。他走了那么远的路，孰料已经换了人间。他在江边硬是坐了三天，好像那样就能等来一个水落石出的奇迹。三天后，他动身前往上海。他打听到了，当地的移民都迁到了上海的青浦镇。上海滩带给他的冲击恐怕不亚于滔滔江水。想必那里的一切对于他来讲，就是光怪陆离的另一个世界。溜门撬锁他不在话下，可是要在上海找到个人，这事儿他根本办不到。青浦镇倒是找着了，但当年移民来的人，十有八九继续流动，早已四散。他还是不能甘心。青浦镇西面是上海最大的淡水湖，十万亩烟波浩渺，他又在湖边对着水面海枯石烂地坐了三天。他没找到闺女，感觉是从天而来的大水带走了所有的人间消息。

我对他的家事没什么兴趣，也搞不懂他干吗跟我说这些。但我看出来了，可能说什么对他也没那么重要。重要的是说话本身。他的嘴巴就像是台生锈了的老机器，重新运转，吱吱嘎嘎地颇为费力。而这费力的运转，却能带给他不一般的快感和惊喜。他矮一截地坐在我对面，边说边吞咽口水，润滑着他喉咙里那尘封已久的轴承。他的眼神混浊而又迷乱。没错，他有点儿亢奋。我在想，这老头大概有许多年没这么滔滔不绝地跟人说话了吧。他都快把自己给说醉了。一边说，一边打着气味难闻的醉嗝。为此，我耐心地喝了两缸子茶，权当自己听了个没多大意思的故事。我猜，最后他会提出要求，让我们帮着他找闺女。他要是真这么要求，我就又多了件事。我都想好了，回去先跟上海警方联系一下。但临了他也没跟我提这茬。

破天荒地，这回我走的时候老奎还送了送我。他趿拉着懒汉鞋，颤巍巍地踅到门前替我开门。手伸出去，捞一把，又捞一把，第三把才捞到门把手上。我就知道了，这老头是真的老到头了。明摆着的，身体已经不听使唤了。

又是几天，还是在半夜，老奎的求助电话又来了。他好像专门找我值班的日子这么干。我让一个协警过去看看。小伙子回来跟我说，老奎点名要我去。这我的气就不打一处来了。问明白他没什么事儿后，干脆就置之不理了。谁知第二天一大早老奎竟然找上门来。

我刚在值班室坐下，打算整理一下头天的值班记录，一抬眼，看见老奎隔着窗子矮一截地出现在我面前。他不说话，我也懒得理他，自顾干事。过了会儿他敲了下玻璃。我抬眼看到他翕动着嘴在嘀咕什么，模样就是动物园里跟游客隔窗龇牙咧嘴的大猩猩状。我低头继续忙活，他继续敲玻璃。这下我听见他说什么了。我以为自己听错了，歪着头瞅他。他的嘴在张合，但隔着层玻璃，让我感觉那是声腹语。一只看不见的手把老奎的肚肠搅和得翻腾不已，发出了不受他支配的神秘气声。他又咕哝了一遍。没错，他就是说“我要自首”。

不管真的假的，事儿来了。我用手示意他进来说。隔着窗子，我看他扶着墙往里走的时候，脸上竟然有股掩藏不住的幸福感。

直接说了吧，老奎二十四年前从监狱里一放出来，转身就把自己的闺女给卖了。

就在老奎出狱的前一年，他老婆跟人跑了。对此我挺怀疑的。那个时候，老奎已经五十多了，他老婆也不会年轻到哪儿去吧？谁会带着她跑呢？要跑，也是自个儿跑了的吧？可老奎认定他老婆就是“跟人跑了”。好像不如此，不足以强调他内心的愤怒。可即便这样，他被强调起来的怒火也还是难平。坐了十八年的牢，他肚子里可是没少憋着邪火。所以他才有资格做个“重点人口”。这种家伙仇视万物，是该盯着点儿。老奎重返社会，举目四望，十八年过去，世界变得跟火星似的，让他老虎吃天，根本无从下嘴。但他有邪火，要抗议。没个泄愤的地方，就盯上自己闺女了。

老奎的闺女那年二十三岁。你都能想到，这种家里长大的孩子会有什么好？倒不是说那女孩品行不端，她挺好的，就是太单纯孤僻。怎么能不单纯孤僻呢？老爹坐牢，老娘撒手跑了，换了谁可能都一样。女孩小学毕业就辍学了，在路边摆了个菜摊，冬天还卖烤白薯。按说老奎回家了，当钉子户搞到了两套房子，守着闺女过日子也挺好，可他偏不这么干。人性不就是这么叵测吗？否则也用不着警察这个行当了。虽然我每天面对的都是些鸡零狗碎，走的路也多是窄道，但仔细想想，世态炎凉，里面确乎有惊涛骇浪。比方说，妻子跟踪丈夫，丈夫跟踪妻子，这些事儿，让你都不知道世界到底怎么了。但你能感觉到，它们正在改变那些赋予你生活意义的重要信念。

老奎在监狱里有个狱友是重庆云阳县人，服刑时跟他开过玩笑，说出去后要把他闺女买了当老婆。想到这茬，邪火攻心的老奎开了窍。他联络上了这个人，带着闺女上路了。坐了两天两夜的火车，到了地方，老奎一看，山清水秀，适于人居——这可能是他最后的一点儿良心了——当即拿了那人两万块钱，撂下闺女就走了。他跟我说他压根没打算在那人家里过夜。我想我明白他的意思。他的邪火发到这儿就算到头了，再烧下去，会把他也活活烧死。两万块钱多吗？这恐怕不是个问题。钱不是他的目的，没准两百块钱他也要这么干。他就是想报复，至于报复谁，他都说不清楚。人性中那块最为崎岖陡峭的暗面，早把他黑晕了。他想要报复的对象，是他老婆，是带走他老婆的某个人，是世道和人心，没准，连他自己也能算在里面，那是种连自己都一并仇恨厌弃的情绪。他跟我说，那钱直到今天他都没动过。当年他转身而去，走在山路上，脚底发虚，轻飘飘的像是腾云驾雾。后来还跌进了沟里。旷野无人，他在野地里昏睡了一宿。醒来后，山风浩荡，感觉像是死过了一回。

当年老奎的女儿不见了，群众都想当然地认为女孩是找自己的亲妈去了。谁知道背后藏着个天大的秘密。

不折不扣，这是罪行。

可是怎么处理呢？却非常棘手。拐卖人口罪，最长的追诉期是二十年。不放心，我还特意又查了下刑事诉讼法。就是说，时光已经赦免这桩令人发指的罪行了。如果要把老奎绳之以法，得报请最高人民检察院核准。他肯定还够不上这资格。我做完笔录，上楼去给领导汇报。出门时老奎喊住我，问我干吗不把他铐起来。我瞅了他一眼，用指头点点他，意思是你给我等着。至于等着又如何，我也不知道。在我眼里，他当然是个混蛋。可是我还没见过这么老的混蛋。不是吗，一个混蛋老到这种地步，混蛋的程度都要打折扣了。

所长听了我的汇报，跟着我去了值班室。他也只能歪着头瞅了半天老奎。但毕竟是领导，一开口就问出了我心里面纠结的疑惑。

“我说老奎，”所长捏着自己的下巴问，“你咋今天才想着要来自首呢？”

老奎活动着嘴。刚才他说了不少，肯定也说累了。但他只是活动嘴，像空转着的马达，就是不启动，让人干着急。

他是为了逃避打击吗？那么他压根就不需要跑来认罪。是他的良心终于发现了吗？看起来也不像。你从他脸上根本看不出痛苦和悔意，反倒有股兴奋劲儿。就像那天晚上他跟我滔滔不绝后一样，脸上洋溢着的是一股“可是给说痛快了”的惬意。我都想踹他一脚。

所长拍板，让老奎先回去。他却不走了，无论如何也要让我们把他先关起来。关起来谈何容易！对于这种根本不能批捕的案子，你没法把人送进看守所去。留在所里更是不可想象，等于是弄来了个祖宗，得专门派人伺候着。怎么办？ 急中生智，我想到了老郭。

一段时间没见，老郭真的瘦成了一张纸片。 他像是飘到所里来的，让我不禁一阵心酸。 看到老郭，老奎一下子就蔫了。 刚才他看上去还得意扬扬的——好像回光返照，又成了当年那个臭名昭著的滚刀肉。 但老郭只给他递了根烟，他就像条老狗似的，佝背塌腰地跟着老郭走了。 他们一同消失在派出所的门廊前，飘进炽白的光里，就像是羽化成仙，遁入了虚空当中。

我以为这事就算完了，至少是可以暂时搁置起来了。 但过了大概有半个月，报纸上居然登出了报道，题目是——老浪子昔日卖女，今日终于投案自首。 还配了照片，老奎在镜头里正说得眉飞色舞。 然后就有不明就里的群众往所里打电话，义愤填膺地质问我们，干吗不把这没人性的老东西逮起来？ 所长被搞得恼火，指派我专门答复这样的质询。 好像这事儿是我惹出来的一样。 我当然更恼火，每天的琐事已经够多的了，还得在电话里苦口婆心地普法。 同事们也故意逗我，一接到这种电话，就大呼小叫地喊我。

是老奎自己跑到报社爆的料。 他像是专门要给我找事。

这事闹了有小半年，我被折腾得够呛。 后来有一天我在家休息，中午时老郭给我打来了电话。 他让我找辆车，马上到老奎家去。 我到了的时候，他们已经等在楼下了。 两个老头都蹲着抽烟，旁边撂着一捆包袱。 老郭得病后就戒了烟，我看出来了，这会儿他也就是做做样子。 好像不做做这个样子，就不能跟老奎打成一片。

上了车，我才知道这是要把老奎送到养老院去。地方是老郭找的，离得也不算远，还在我们派出所的辖区里。这家养老院是私营的，规模不小，据说条件不错，住进去不容易，有的老人已经排了两年的队。天知道老郭是怎么搞定的。我想这事儿，怕是不会像让两根烟那么轻而易举。这就是我师傅。他除了跟老奎长得像点儿，两人之间既不沾亲又不带故。再说了，他已经退休了，自己还在跟喉癌死磕。

两个老头都不说话。我偶尔回头，看到坐在后排的他们，居然手拉着手。两只满是老年斑的手彼此扣着，像盘根错节的枯树根咬合在一起。车里有股老年人身上特有的怪味儿。这气味还带着颜色，青灰，又泛着点儿苔藓长着毛的墨绿。没错，你也可以说那就是死亡的味道。

到了地方，老奎却不想进去了。老郭也不劝他，让我跟他在院门口等着，自己蹒跚着进去找人办手续。老奎的包袱扔在地上，他一屁股坐了上去，从口袋里拿出只铝烟盒。这只铝烟盒我太熟悉了，现在竟然到了他的手里。铝烟盒里装着烟丝，估计不够他抽几回的。也就是说，用这只铝烟盒来装烟丝，实用性不大。它更像是个装饰品或者是纪念物。不知为什么，我还觉得拿在老奎手里，它也像是个女人用的粉饼盒。尽管它也算不上太讲究，但对于老奎来说，还是精致了点儿。

他开始卷烟。我跟他说这家养老院有多好。我的话他压根儿没往耳朵里进。他抽着烟，眼睛空洞地望出去，像是曾经望着滔滔的江水。最后我还是忍不住又问了那个问题。它挺困扰我的，我当时想的是，我要是再不问一下，可能就永远不会得到答案了。我装作漫不经心地问老奎——为啥要在一把年纪了的时候想到来自首？老奎不搭理我，抽他的烟，望他的水。问完我才明白，其实我也没那么想得到个答案。这世界上说不清的东西太多了，而有答案的东西却太少。法律写得倒是清楚，那也可能是一部分答案，但如果世界的问题犹如滔滔江水，法律的答案扔进去，顶多是颗微不足道的石子。明白了这点，你大概才能当好一个警察。

“就是孤单嘛，想跟人说话。”冷不丁，老奎来了这么一句。

我听见了。但当时像没听见一样。随后我才意识到，“孤单”这个说法，我压根儿就没跟他挂上过钩。这个词不该在他老奎的词库里。我认为有些情感是他无从觉醒到的。哪怕它们已经实实在在地攫紧了他的心，疯狂地荼毒他。就好比如果他真的被“孤单”所煎熬，恐怕他也只会本能地有所不适而已——那情形完全是生理上的，在他，可能就像是嗅到了一股令人反胃的恶臭。他没法将之上升为一种情感。所以，我以为听见了另外一个人说话。

他还是不看我。但我没看错的话，他的眼角有混浊的老泪。你见过人的眼泪像洗过抹布的脏水吗？当时我就见识了。他还能流出脏水一样的眼泪，这算是上帝对他的一个优待。你知道，动物们只能干瞪着眼睛默默承受。不过这可不像一辈子都让上帝头疼的那个老恶棍。他敢杀人，敢卖闺女，敢当钉子户，可是不敢承受老了的“孤单”。

他坐在那儿，整个人蜷缩着，像是被人扔出去时还揉成了团的废纸，你要是想重新弄平整，得用熨斗使劲熨才行。报纸卷出的烟卷都快烧到他指头上了。有一阵，我甚至动念，是不是想办法帮他把闺女给找回来。但这念头立刻打消了。还是算了吧。有什么好说的呢？你要是也被自己的亲爹卖过一回，你就会明白我的意思。

“从上海回来，咋就觉得屋里更空了。”他说，“我都后悔为啥非要那么大的房子，不如回监狱去待着。”

那房子并不大，一居室而已，凑合着住倒是够了，可已经放不下一个老混蛋的“孤单”——这玩意儿好像有体量，而且呈弥漫状，随物赋形，无孔不入，能把整个世界都塞得满满当当的。

老郭在院子里朝我们招手。我把老奎拎起来，还替他拎起了包袱。这两样都不重，轻飘飘的。不是的，我没有同情他的感觉。或者说，仅仅光是同情他并不足以说明我的情绪。我只是被更加虚无的东西给裹住了。就像是掉进了云堆里。怎么说呢，嗯，我是有点儿伤感。

我师傅老郭站在不远处。几个统一穿着橘红色马甲的老人在窗口探头探脑。条件再好，在我眼里，这里也是生老病死的所在，是荒凉之地。但你无能为力。可能最后我也得把我妈送进来。可能最后我自己也得被人送进来。我们向老郭走过去，我突然觉得我师父也是轻飘飘的，大概也已经瘦到了能被我一只手就拎起来的地步。时值仲秋，天高云淡，但那一刻，我的感觉并不比待在六十年未遇的酷暑中好受多少。那是浩渺的炽灼跟微茫的薄凉交织在一起的滋味。

本来小吕是要求睡上铺的，他觉得下铺是我应该享受的待遇。但我还是坚持睡了上铺。我觉得在那样一个上不着天、下不着地的高度躺着，人像是躺在了另外的一个维度里。这能让我有种无从说明的平静之感。我说过，我是个内心戏比较多的人。我睡在上面，看不到下面的情况，说话就像是自言自语了。说完这些后，下面半天都没声音。我以为小吕已经睡着了。

“孤单。”他突然发出了一声叹息般的回味。

我探出头，看到小吕的头枕在自己胳膊上，一脸若有所思的样子。又过了一会儿，小吕就跳了起来。临出门他还没忘记戴上帽子。他就是这样，注重警容，比我强，是个当警察的好苗子。他没跟我说要去干吗，但我大致能猜出来。我从窗子望出去，看见他跑进夜色里，于是开始将他想象成一只在六十度的温水里畅游着的青蛙。

我想睡，却不怎么能睡得着了。夜深人静，万籁俱寂，连值班室的电话都不再响了，对面超市门前的木马却还在唱着儿歌。我也想过要提醒超市的老板夜里就把它给关了，费电，也有点扰民。但我没那么做。我想，这世上的人干世上的事，恐怕都有他的理由。如果对别人妨碍不大，就由他们去吧。儿歌里唱到“天上的眼睛眨呀眨，妈妈的心呀鲁冰花”，我开始想我妈。我想，她老人家现在孤单吗？

小吕出门时替我关了灯。外面旋转着的警灯把斑斓的光投射在天花板上。我举起手，光着的胳膊被照进的彩光裹缠，红红绿绿，像是文了身。这一刻，我又想到了我们农大“解民生之多艰”的校训。随后，我也感到了那大水一般漫卷着的孤单。

天边露出鱼肚白的时候小吕才回来。我迷迷糊糊地被他吵醒，看见他兴奋地趴在我床沿上，腋窝下全是汗渍。

“没错，老校长承认是报假案了。”他说，“本来问清楚我就打算回来，可老头硬是拽着我说了一宿的话。他儿子去美国三年了，平时连个说话的人都没有。”小吕的眼睛里有血丝，不像青蛙，着实像兔子了。

“他那是诬陷，”我说，“涉嫌犯罪了。”

我当然早料到了，否则干吗半夜跟他聊老奎？

“我教育过他了。”他说，“老头就是见不得邻居一家三口其乐融融，说是看了堵心。”

小吕的口气里有着替人辩护的味道。我想我没看错人，这小伙子没铝烟盒，也能当个好警察。

我翻下床准备洗漱。洗澡间在对面食堂的楼上，从宿舍走过去，盛夏清晨的空气都开始隐隐发烫。冲澡的时候小吕一直围在我身边说东说西。这个晚上，可能让他有了不少感触。为了让他更高兴些，我在水花中拍了拍他的肩膀。

再有半个小时，五点半，就得在值班室里就位了。但愿八点半交班前不用出警。不是厌战畏难，是天太热，都破了六十年的纪录了。人活着已经是在苦熬。

如在水底，
如在空中

八月，蒲唯收到妻子母亲的来信。西北夏日的黄昏迟迟不肯退场，晚上九点天边依然挂着刺眼的余光，仿佛苍穹的边缘被谁敲破了，撒下一地的碎玻璃。他下楼去经常光顾的那家小酒馆。酒馆位于小区外立交桥的荫蔽处，可能算是违章建筑，但多年来也像西北夏日的晚霞一样，顽强地不肯退场。

他在自己的老位置坐下，开始读信。

我知道，你和我一样，依旧在思念她，蒲唯妻子的母亲写道，但是我必须鼓励你走出这件事情，我不想看到你继续为此而受苦，我知道这也不是我女儿所希望的。

蒲唯妻子的母亲退休前是位中学语文老师。手机时代，她选择写一封信给蒲唯，可能不仅仅是为了以示郑重。蒲唯的妻子生前也在中学教语文。他自己在一所中等职业学校就职，当然，也是教语文。

酒馆老板不用多问，照例端上来一盘羊肉饺子，离开时还拍了拍蒲唯的肩头。蒲唯想对他说今天不吃饺子了，他想来壶酒。

是的，我必须走出这件事情，他想。可是，我为什么“必须”要走出这件事情呢？蒲唯并不能立刻找到一个理由，一个充分的理由，好让自己“必须”走出丧妻的痛苦。也许是这痛苦并没有达到压倒性的程度——他依旧在黄昏的时候吃羊肉饺子，依旧偶尔想喝上一壶酒——那么，就没有“必须”的必要了吧。可是，什么样的痛苦程度，才能算是压倒性的呢？

最后，蒲唯的目光落在了信的末尾。妻子的母亲在落款处写下了时间：大暑。

嘴里咬着半只饺子，盯着那两个字，蒲唯记起了一个遥远的承诺。于是他迫不及待地拨通了程小玮的手机。

“大暑了啊！”他的声音不免有些兴奋。

“大暑？”程小玮迟疑了一下，才应承道，“噢，是啊，热。”

“不是，我不是这个意思，”蒲唯急切地提醒他，“大暑之后是什么？”

“是什么？”程小玮反应不过来。

“是什么节气，嗯？”蒲唯不得不提醒他，“小玮你还记得吗？”

程小玮一定是在盘算，没准还去翻了翻日历，过了会儿才回答道：“是立秋吧。”

“不错，是立秋啊——”说了一半的话戛然而止，蒲唯咽下了涌到舌尖的话头。

这让他说出的前半句话在语气上显得很突兀，还有些冒傻气，像是无端地对着一件小事在大发感慨。程小玮显然并没有想起那件事，面对失忆的朋友，蒲唯倏忽失去了重提往事的兴趣。他想，那其实也没什么好说的。

“老蒲你没事吧？”程小玮察觉到了他的异常。

蒲唯继续吃着饺子，说：“没事，我没事。”

程小玮说：“改天我过去看看你。”

蒲唯说：“行，有空就过来吧。”

回到家后，蒲唯开始翻找老相册。还真被他找到了，那是他们三个人的合影，蒲唯、程小玮，还有汪泉。在蒲唯眼里，若今昔相比，照片中的汪泉自然还是当年的汪泉，因为如今的她无从参照。其次，是与今相比已经有些难以辨认的程小玮。最陌生的，反而是照片中那个过去的蒲唯——他是蒲唯吗？太不像了。照片里，汪泉永葆着青春，程小玮狡猾地躲闪着时光，只有他蒲唯，是再造了一般。

尽管旧照只能让人和过往变得更加疏离，但看了会儿照片，蒲唯心里还是感到了隐隐的不适。他难以确定丧妻不久的自己这样追念另一个女孩子是否恰当。不，他并不因此自责，他只是有些理不清这里面的关系，被某种“缺乏正当性”的暗示所困扰。尽管，他明确地知道，此刻自己对汪泉的追念丝毫不带有那种男女之情。那么，蒲唯对汪泉带有过那种男女之情吗？可能连这点都是没法肯定的。

吞下两片褪黑素，蒲唯早早上了床。睡意尚未来临，程小玮的电话打进来了。

“老蒲，我想起来了，”程小玮说，“的确是十八年了。”

“是啊，”蒲唯在黑暗中欣慰地笑了，说，“小玮你还记得。”

“你正在放暑假是吧？”程小玮问。

蒲唯说：“是啊。”

程小玮说了声“好”，手机就挂断了。

并不能算是梦境，但蒲唯也难以将之视为清醒的回忆。他在黑暗中混沌地张着眼睛，闭上眼睛时，脑子里又是一片夏日的明亮。十八年前的夏天，刚刚参加完高考的他们一同去了人迹罕至的所在。那地方叫冶木峡，距离省城不足两百公里，可对于当年的他们而言，却足以算是一次遥远的旅途。三个人在峰峦叠嶂的山区住了两晚，每天听着村民吹响羌笛，算是完成了一个别致的成人礼。

在山里，面对着那面湖泊，汪泉宣布道：“十八年后，我要写一封信寄到这里！”

所谓“这里”，是他们落脚的一家村民旅馆。

事后蒲唯认为，当时汪泉的这个宣言有可能只是一时兴起，她并没有经过认真的谋划，那只不过是少女在大自然中身不由己地做了一个深呼吸。

“收信人是谁呢？”程小玮却当真了。

“你。”汪泉指指程小玮。这个答案出乎蒲唯预料。他还以为汪泉会将那封未来之信寄予此间山水呢。难道不是吗，看上去，那更符合女孩子浪漫的情怀。继而，蒲唯便迅疾地品尝到了失落。好在汪泉又转过身来，对着他说道：“还有你。”

安慰感于是来临得像失落感一样不可理喻。两个少年面面相觑，心头流转着从未领受过的情绪。

“那么，”程小玮小心翼翼地求证道，“你要写什么内容呢？”

“到时候你们读信不就知道了嘛。”汪泉轻描淡写地说，她可能并没有料到自己的一个深呼吸会导致这么一连串棘手的问题。

“可是，没准那时候这里已经不再是一个有效的收信地址了。”蒲唯说。他在努力抑制着什么，并且为自己突发的理性而感到不解。

这个理性的问题破坏了气氛，也令原本带有游戏性质的笑言一下子变得正式起来。汪泉不说话，她好像生气了，不得不直面人为制造出的这个麻烦。蒲唯站在她身后，她裙子下面那两只单薄的肩胛骨在蒲唯眼里总觉得像是一对跃跃欲试的翅膀。

过了会儿，她转过身来，信心满满地说：“如果真是那样，这封信不就显得更加宝贵了吗？”

蒲唯心中其实已经在默默地为她措辞了，她说出的这句话和蒲唯所能想到的差不多，只不过在蒲唯的心里，赋以那封信的是“神秘”这个词，而她，选择了“宝贵”。这当然不是一回事。

“对，”程小玮附和道，“一封失去了收信地址的信……”

“也不知道收信的人那时还在不在。”蒲唯想不到自己又说出了这样的话，这让他看上去都有些像是在故意刁难人了。

当然不是，他无意冒犯长着一对翅膀的女生。当年的蒲唯并不是一个悲观的别扭少年，但那一刻，一种新鲜的、宛如森林气息一般的惆怅突然在他心中弥漫开。也许是那一刻置身的环境使然，森林，湖泊，少男和少女，还有其他什么，是这一切的组合，令他滋生出一种化学性的迷茫。

“老蒲你是怀疑自己活不了下一个十八年吗？”程小玮推了他一把。

“不会的，”汪泉沉着地打着手势，肩胛骨更像是一对翅膀了，她像说出预言似的说道，“我相信那时候，你们俩都会活蹦乱跳地来这儿等着收信。”

看上去朋友们似乎是在鼓励蒲唯，似乎，他真的像是一个需要鼓励的人一样。蒲唯于是笑起来，大声说：“那说好了，十八年后我俩准时到这儿来收信！”

“对，准时，要有个准日子，我们总不能没头没脑地在这儿瞎等啊，这儿吃得又不好。”程小玮热烈地响应。

“立秋吧，我们出门时不是刚刚过了大暑吗？”汪泉说，

“时间我会掌握的，我会在这两个节气之间发出那封信，确保就在立秋前后寄到，我不会让你们瞎等的。”

就像是跟祖国的邮政打了个赌，就像是跟荏苒的时光与不可预知的未来打了个赌，约定便这样达成了——而“十八年后”，是十八岁时的他们所能想象的最遥远的未来。

一大早程小玮就来了，坐在客厅的沙发里等着蒲唯洗漱。他还带来了早点——油条和豆浆。两个男人对坐着默默地用完了早餐。

“走吧，带件厚些的衣服，山里还是会凉的。”程小玮说。

蒲唯从衣柜里找出件薄夹克，随后他们就出了门。

程小玮的车停在楼下，上车后蒲唯问他：“不会耽误你做生意吗？”

程小玮做着古玩生意，在市里最大的古玩城有着一层楼的铺面。

“不会，”程小玮说，“我的生意不就是赌运气吗？”

这个回答别具深意，蒲唯一下子不知该怎么接他的话。

当年遥远的旅途如今完全被高速公路贯通了。坐在副驾驶的位置上，蒲唯发现，从侧面看程小玮的发际线已经后退得相当厉害，现在差不多只有半个头顶被稀疏的头发覆盖着。蒲唯想，此刻程小玮的感受一定和自己差不多：眼里所见的与内心看到的是两幅迥然不同的画面——笔直的道路就在眼前，而内心却跋涉在昔日崎岖的山路上。

十八年前他们的那次旅行，一路颠簸，坐着破旧的长途客车。

那时候，出了城便是山，如今，城似乎永远出不去了。城市在车轮下没完没了地向着远方扩张，天的尽头仿佛都将铺满坚硬的水泥。

“你说，当年汪泉的爸妈怎么就那么开明？”蒲唯想说点儿什么，一时又找不到话题，只好结合自己如今的感受发出一个疑问，“他们怎么就会允许汪泉到山里去住两天呢？”以他现在的从教经验，如今女孩子的家长会教导女儿像防狼一般地防着男孩子。

“还是信任吧，他们信任自己的女儿，相信那会是一次纯洁的旅行。”程小玮说，“越是有教养的家庭，相互间越是信任。你别忘了，汪泉的父母都是大学教授。”

蒲唯表示同意，不可避免地想到了自己的妻子，还有妻子的母亲。

“老蒲，”程小玮叫了他一声，说，“早想陪你出来散散心了，这下正好是个机会。”

蒲唯感到被一个发际线严重倒退了的人叫作“老蒲”有些荒唐。尽管程小玮在中学时就这么叫他了。

“陪我？别忘了，那封信是写给我们两个人的。”蒲唯说。

并非不甘示弱，蒲唯只是不愿沉溺在那种完全被预设了的同情中。从妻子去世那天起，他就时刻这样提醒着自己。

“没错！”程小玮拍一下方向盘说，“咱俩是搭伴儿踏上寻梦之旅。”

蒲唯觉得“寻梦之旅”这个说法也有些滑稽，但是立刻在心里谴责起自己的苛刻。

“你说，汪泉现在会在哪里呢？”他空洞地问着，其实并不指望得到回答。

十八年前，蒲唯考到了湖南的一所师范大学，汪泉考上了北大，程小玮落榜了。大学四年他们相互还有些联系，但谁也说不清，是从什么时候联系变得少了，又是从什么时候，汪泉就彻底没了音讯——似乎是举家去了深圳，然后又移民去了加拿大，但这些消息并不确凿，如今几乎都想不起是出自何处。时光易逝，一切就这样不知不觉消散。蒲唯望着车窗外想，这就像程小玮无法准确地感知他头顶的发际线是如何一个毫米又一个毫米地后退那样吧？总有些重要或者不重要的阵地在接二连三地沦陷，可你压根儿顾不上搞清楚究竟是怎么失守的。

“这还用说吗，她当然会在给我们写信的地方。”没料到，程小玮竟然给出了一个答案。他专注地看着前方，脸上半带着微笑。

这个答案一瞬间令蒲唯震惊。闭上眼睛，他无法确认自己突如其来的情绪源自何处。汪泉只不过是曾经的一个女同学，骨骼精致，有着一对翅膀般的肩胛骨，总是衣着整洁——这差不多是他所有的记忆了，这些微弱的记忆完全不足以撼动成年男人的心肠。可程小玮给出的这个答案，就是这样一击而中，不知道洞穿了他胸中的哪块靶心。

车子在山洞里疾驰，应该是在一路向上，因为那个要去的地方海拔更高一些。

蒲唯说："老程，你说的没错。"

"老程？"程小玮转头看他，哈哈大笑起来，"对，老程老程，我等着你这么叫我等了十几年了。"

蒲唯不由得也笑了，他自己都没意识到怎么突然就对程小玮换了称呼。

"叫了你这么多年小玮，"蒲唯说，"便宜也占够了。"

当年辗转了一整天的路，如今不足三个小时就跑完了。

进山的路却没了，被那面湖泊所阻断。算不上沧海桑田，但地貌的确改变了。

有专门的渡口和停车场，进山的人只能弃车登船。停车时周围车主的议论让情况明朗了——改天换地，当地政府人为地扩大了湖面，于是水路成了进山唯一的通道，于是，收费停车，收费乘船。

每个人上船时都要表达几句不满，好像牢骚就是船票。对此，蒲唯和程小玮倒没什么抱怨的。从早上出门开始，他们就运行在一种随波逐流的态势里，一切都是无可无不可的。安之若素，他们并没有一个明确的、不能被变更的路线需要来贯彻。

万顷碧波，渡船上写着“冶海一号”。想必“冶海”就是这面高山湖泊的名字了。当年它也被称为“海”吗？蒲唯想不起来了。他想应该不会，否则他会记得的，身在高原的人会对任何一块以“海”命名的水域保持住牢固的记忆。

船舱是铁皮的，座椅是铁皮的，乘客们被要求套上了橘红色的救生衣。这导致出了一阵议论——水很深吗？——就算你是个潜水运动员也得把救生衣套上，这是规定！

从舷窗望出去，两侧的山峰也泛着生铁般的青褐色，犹如铁铸。

船头有三位搭乘的喇嘛在做法事，宽袍大袖迎风鼓荡，向湖面抛撒着谷物。但不一会儿就被赶回了船舱。船头不允许站人，这也是规定，哪怕你是个做法事的喇嘛。有乘客跟着向湖里抛掷硬币。据说心诚者投入的硬币不会沉入湖底。遗憾的是，眼前并无硬币浮在水面上，以违背物理定律的奇迹来佐证人心的虚假。水面很干净，船舷旁的浪花清澈极了。

程小玮也在口袋里摸来摸去。后来他将拳头伸在蒲唯眼前，慢慢张开，让他看一样东西。是一枚古币，直径大约两厘米，布满斑驳的绿锈，呈不甚规则的圆形。

蒲唯问：“你打算扔进湖里吗？”

程小玮看他一眼说：“想祭湖我会专门准备些硬币的。”

蒲唯说：“这不也就是一枚硬币吗？”

程小玮瞪了他一眼，无奈地说：“对，也算一枚硬币。”

“有什么特别的吗？”蒲唯问道，“是不是很值钱？”他想起来了，程小玮如今是位古玩商。

“还好吧，值个一两万。”程小玮说，“这不是关键。”

蒲唯说：“那你还是别扔湖里了。”

“我说了，这不是关键！”程小玮急了，把古币塞在蒲唯手心，要求他，“你看看，上面是什么字？”

蒲唯并不能辨认出古币上的字迹。那四个字即便不经过岁月的磨损，在他这个中等职业学校语文老师的眼里，也形同天书。

“算了，你闭上眼睛。”程小玮命令道。他用两只手捂住蒲唯捏着古币的手，掰开他的食指，让指尖在那四个篆文上反复摩挲。

黑暗中有灵光乍现。运行在盛夏的湖水之上，蒲唯的指尖于一片蒙昧之中，触摸到了虫咬一般有着些许疼痛的灵感。

他吁了口气，张开眼睛说：“泉。”

程小玮也吁了口气，说：“了不起。”

蒲唯定睛端详古币上那颗唯一被自己触摸出名堂的字——原来它的笔画最简单，当你一旦确认出它，它就像脑筋急转弯后那个浅显的谜底，令你有种轻微的羞耻之感。蒲唯想，这其实没什么了不起，“钱”通“泉”，这对于一个学过古汉语的人而言，几近常识。与其说他是摸出了这个字，不如说是潜意识里的经验给了他指尖以灵感。

然而程小玮继续说道："泉，汪泉的泉。"

这个强调令蒲唯又一次感到了吃惊。他惊讶于自己的麻木，惊讶于程小玮竟会如此的细腻。你瞧，在他的潜意识里，不过是教化而来的"钱"通"泉"，而在程小玮那里，却是"泉，汪泉的泉"。

船身一阵剧烈的颠簸，舵手在喇叭里介绍："这儿就是著名的湖洞，所有的船经过时都要抖三抖，算是诸位登岸前向圣湖磕头了。"

当年那家村民旅馆还在原地，只不过规模必然地扩大了数倍。现在，它由数栋联排的木楼组成。先前通往湖岸的卵石小径也改为了木质的栈道，一直从建筑延伸到水里，让旅馆远远看上去宛如矗立在湖水中一般。

登记的时候，蒲唯动念想要住在当年住过的房间，但这个念头只是一闪而过。显然，旅馆的格局早已今非昔比，况且连他自己也无从确切地还原当年的记忆。

房间不大，墙壁、地板、屋顶全部是新鲜的松木板，卫生间里有二十四小时的热水。可以肯定，当年他们来到这里时住宿条件远没有眼下的好。但现在蒲唯站在房间里，还是感到了昔日重来。他推开窗子向外眺望了一会儿，空气如此透明，事物之间仿佛不再有物理的距离，浮云，山峦，乃至偶尔的声响，四合之内的一切，只要你愿意，伸出手就能抓住。山水依然，时光混淆，从前与现在是浑然的，不分彼此，遑论好坏。

稍事休息，两个人下楼用餐。餐厅有露天的位置，他们选择坐在户外。举目张望，可以从这块圆木构筑的观景台上看到很大的一片湖面。湖面上漂着警示的浮标，黄色的三角形柱体在阳光下像水里伸出的牙齿。有几个游客在规定的水域里游泳，男男女女，从体型上看，好像清一色都是笨拙的中年人。

程小玮点了牛排和烤饼，提议喝一杯。蒲唯点头表示赞同。那枚价值不菲的古币一直攥在他手里，他的指尖总是不由自主地在那个“泉”字上摩挲。后来他有了新的发现，将古币放在餐桌上，对程小玮说：“你瞧，这个‘泉’字的造型，像不像中国铁路的标志？”

程小玮拿起来看了看，说：“是挺像。”

白酒上来了，程小玮表示要共同干一杯。

“祝什么呢？”程小玮问。

“祝健康吧。”蒲唯随口敷衍。

的确，人生今日，祝酒的词都已变得贫乏。酒杯很大，一杯大约就有二两。蒲唯平时是没什么酒量的，他并不明白自己为何会喝得如此轻易，也压根儿没有想要追究的愿望，就那么仰头喝了下去而已。程小玮在桌面上拨弄着那枚古币。

“这钱，叫‘凉造新泉’。”他说。

经他一说，蒲唯马上便觉得古币上天书般的字迹变得一目了然。那四个字原本简单，但是不知所以的时候，你就是无从辨认。这里面好像有着无从说明的奥秘。

“凉造新泉。”蒲唯跟着重复了一遍，汉语独特的语境令他心生浮想。

一边啃着牛排，一边喝着酒，程小玮向蒲唯讲授起古币知识：“这是古代中国第一枚以国号为钱文的圆形方孔钱，‘凉’就是西晋十六国时期河西一带政权的国号……”

山中无大暑，空气薄凉，溽热全消。一切都似是而非，连烈酒都像是白开水。蒲唯几乎都要想不起自己和程小玮为什么会在此对饮。不是吗，此行的目的经不起推敲——他们这是要干吗？真的是要等待一封十八年前承诺过的来信吗？至少，蒲唯对此是没什么把握的，他想程小玮恐怕也和他差不多吧。老实说，并没有一个显而易见的理由足以构成他们行为的说明。所以，他们相互之间压根儿不再提那封信，甚至还有些刻意回避，好像一旦提及就会让人羞愧难当。

于是，不如就说说古币知识吧。

后来程小玮将“凉造新泉”弹向空中，大张着嘴，看着它从空中下落。蒲唯还以为他是准备要用嘴吞下去呢，结果他却是用双手接在掌心。原来他要以猜正反面来跟蒲唯赌酒。程小玮的确热衷于赌运气，而且看来很在行。十有九输，蒲唯很快就被酒意压倒了，心想这就是游戏的凄凉。

于是山中的第一日就这样过去了。

第二天早晨蒲唯爬上露台时程小玮已经坐在餐桌旁用餐了。

“我没叫你，想让你多睡会儿。”程小玮说，抖动着手里正在翻看的报纸。

蒲唯说：“好久没睡得这么踏实了，一睁眼感觉好像才睡了一分钟。”

程小玮把桌上铁壶里盛着的酥油茶给他也倒了一杯，再一次抖抖报纸说：“《甘肃日报》，三天前的，邮局的人每隔三天进山来投递一次邮件。”

蒲唯听出了他的弦外之音。

“刚刚我问过前台了，这儿十几年来邮政地址都没变过。”程小玮继续补充道。

蒲唯依然只是点了点头，他不知道自己该说些什么。

吃过东西，两人各自回房间加了件外套，然后一起去爬山。

山上植被繁茂，森林比十八年前显得更具原始气象，这给人造成一种错觉，仿佛一路逆行，他们不但走回到了十八年前，而且继续回溯，还能走向亘古的起点。 不远的山坡上有煨桑台，霭霭烟雾不动声色地渲染着一方天光，最终成为天色的一部分。 风中松柏燃烧时飘来的气味成为他们的方向。

走近后，程小玮向一位正在祈福的藏族汉子讨要了几根五彩绳。他将其中的一根系在了经幡的长绳上。经幡在微风中居然猎猎作响。

双手合十，闭着眼睛默默地站了一会儿后，程小玮回头对蒲唯说：“为女儿。”

说着他的手下意识地在齐腰的高度虚晃了一下，让人相信他是在意念里抚摸了一下女儿的头顶。继而他的意识回归，悬空的手贴回大腿，并且紧张不安地在裤腿上蹭了蹭，好像瞬间做回一个父亲这滋味既让他感到甜蜜又让他感到无法承受。

程小玮有个七岁的女儿，如今跟着他前妻住在墨尔本。

蒲唯也过去系了一根，闭上眼睛时，他心里默念着亡妻的名字。

张开眼睛，蒲唯看到桑烟中漫天飞舞的风马。

后来他们找了一面避阳的山坡，仰天躺下，双双陷入一种无喜无悲的冥想状态。没错，城里的生活让你觉得自己和世界之间总是隔着一层毛玻璃，严重的时候你会觉得自己是一名汽车修理工，而且没有升降机，你只能躺在汽车底盘下干活，就像是一起事故的遇害者。但在这儿，两个男人暂时卸下了一些东西，就好像放下了什么家当，然后就可以待一辈子了似的。

待到中午，他们下山吃饭。

吃饭时蒲唯面向着湖面，他提醒程小玮也回头看看：一艘渡船正在靠岸，几个游客的身后跟着一名身穿绿色制服的邮递员。他背着一个帆布包。直到这名邮递员进到旅馆的前厅后，程小玮才叼着啤酒瓶回头向蒲唯意味深长地笑了笑。

此行好像都是程小玮在主导，蒲唯只是个跟从者。现在，蒲唯觉得自己也该做点什么了。他放下筷子，从露台上下去，绕进了旅馆的前厅。那个邮递员正坐在椅子上喝水，一沓邮件放在前台的柜面上。蒲唯过去装作随意地翻了翻。几份报纸，两本旅游杂志，有一封信，是那种信封中间用玻璃纸镂空透明的信函，应该是一封保险公司的告知书。

他的举动被柜台里的女服务员误解了，随手递给他一沓明信片，说道："如果你要寄的话，正好桑吉可以收走。"

于是重新回到露台时，蒲唯手里多了两张明信片。

他坐下递给程小玮一张说："寄一张给谁吧，桑吉下次来的时候可以带出去。"

程小玮问："谁是桑吉？"

蒲唯说："邮递员。"

邮递员桑吉是个藏族小伙子，皮肤黝黑，普通话难以说得标准。他不清楚程小玮那张写着英文地址的明信片该如何结算邮资，说回去搞清楚了先帮他贴上邮票发出去，下次来时再付他钱好了。

蒲唯的那张没什么问题，明信片自带的邮资就足够了。蒲唯在这张印有"冶海风光"的明信片上写下了妻子的名字。 面对这位藏族小伙子，蒲唯庆幸自己头天夜里没有在明信片的收件地址上写下“天国”。 那样的话，小伙子恐怕要比看到一长串的英文地址更感为难了。 蒲唯写下的是自己家里的地址。 他想，等他回去时，这张写给妻子的明信片就会躺在自家楼洞的邮箱中了，那就仿佛收件人还在楼上。 他还有些迟疑，考虑是否应该也给妻子的母亲寄一张，用以告诉她自己正在遵嘱走出“那件事情”。 但他还是放弃了，他不想如此拨弄老人的心弦。

邮递员桑吉以三天出现一次的频率第三次到来时，蒲唯与程小玮已经完全适应了山里的日子。 他们天天都会爬爬山。 午睡后，多半是在露台上无所事事地坐到黄昏。

其间在旅馆老板的鼓动下他们还下湖游了一次泳。 旅馆老板醉醺醺地向他们强调，禁止游过隔离浮标，否则后果自负。 因为黄色浮标的另一面就是神秘湖洞的范围，水下有诡异的漩涡，劲道十足，能将人瞬间吸入水底。 这家旅馆的老板有一张宿醉不醒的脸和一双愤怒的小眼睛，因此好像不常现身，貌似一个躲在幕后的暴君，这让他发出的警告听上去更具威力也颇像一个蛮横的恫吓，于是反而激起了他们的兴趣。

他们在一个午后下到了湖里，不约而同，竟然一起朝着禁区的边缘游去。 夏日当头，湖面亮得让人睁不开眼睛，让人感觉自己就是掉进了一片灼亮的水银之中，将头埋入水里的一刻，光的强度依然在水下闪烁不已。 几分钟后，那条黄色浮标连成的界限就在眼前了，它们在水中被一条粗绳相连。蒲唯先游到了，趴在绳索上借着浮力休息。程小玮紧随其后，也照样趴在浮绳上。强光灼眼，两个人只能眯缝着眼睛。他们感觉到了水底挂着的那道网，同时也感觉到禁忌带给人的那种强烈的诱惑力。身后有个女人在向他们喊：不要越界！

这些日子，除了程小玮向蒲唯讲授古币知识，他们之间好像再无其他话题。没错，他们不提远在墨尔本的女儿，不提远在另一个世界的妻子。那都没什么好说的，而且谁都知道，说了也改变不了什么。在这个空气新鲜的地方，他们体验着一种真空般的与世隔绝的存在感。

那枚“凉造新泉”被程小玮用五彩绳系在了脖子上。他喜欢光着膀子坐在露台上，很快，他胸膛的肤色就和古币的颜色相近了。有时蒲唯会故意吸引他更换朝阳的角度，为的是能够让他的身体晒得更均匀一些。

“‘凉造新泉’存世量太少，目前泉界对它的研究存在不小的困难，因为新莽至十六国的三百多年间，河西四郡割据政权的史书资料至今多已散佚，现有的史籍无从查考……”

蒲唯在他头头是道的讲述中昏昏欲睡，往往再次清醒时，看到的会是此番情形：世界像是被装了消音器，而一个像是被烤过的胖子裸着上身坐在你面前，胸膛宛如青铜，肚子鼓凸，脑袋低垂，打着呼噜，稀疏的头发在阳光下有一层烧卷了似的、毛茸茸的光晕。面对此情此景，蒲唯每每都需要怔忪片刻才能恢复到对于世界的理解。

“船过湖洞时放在船头的一包邮件掉到水里了。”邮递员桑吉用生硬的普通话说，“今天的船上坐满了人，我只好把邮包放在船头。”

他是在跟前台的服务员解释为什么今天的报纸没了。

同样的话，程小玮听到后上到露台转述给了蒲唯。他还模仿着小伙子的发音。

“没了。”说着他摊摊手，想必这也是小伙子做过的手势。

蒲唯竟被他逗笑了，倒了杯啤酒递给他，低头继续用刀子分割一块羊肉。过了一会儿，蒲唯漫不经心地说：“老程，今天立秋了。”

程小玮正弓腰坐在椅子里，一只手捏着另一只手走神，闻声抬头看看蒲唯，不经意间暴露出了无助的表情。他就像一个受了委屈的儿童，或者刚刚挨了妻子耳光的丈夫。不过他迅速做出了调整，扭了扭脖子，说道：“那就再等三天吧。”

这是进山以来他们第一次说到了“等”。之前他们都在规避这个无法完满解释的意图。他们说不出“等”的理由，他们也羞于承认在等，更何况他们所等着的，看起来又是那么的没谱。两个男人并不想直面自己精神的幼稚。

“好，”蒲唯说，“就再等三天。”

他也在努力装出若无其事的样子。可“等”的意图一旦被正视，心中不免立刻便凝重起来，那种对于某个事物的盼望之情开始盈满在意念里，以至于让他感到了隐隐的焦灼。

晚餐程小玮要了一整只烤羊腿。他好像把立秋当作一个节日来过了。节气在山里兑现得格外分明，是夜，气温骤降，明显比前一天要凉了许多。但程小玮依然光了膀子，一边大口啃着羊腿，一边不时做几个扩胸的动作。

旅馆后面的空地上有一群旅客在围着篝火跳锅庄舞，后来程小玮也跑去加入了。蒲唯趴在露台的木栏杆上，看着火光中的程小玮夸张地把自己跳成了夜晚的主角。

这些日子以来，都是程小玮先起床用餐，对此蒲唯已经习惯了。但第二天早上，蒲唯没有在露台的餐桌边看到程小玮。

蒲唯去敲程小玮的房门，里面没有动静，心想也许是昨晚闹得太晚了，程小玮还在睡觉。到了中午，依然不见人影，蒲唯就有些担心了。他去前台要了房卡，自己动手打开了程小玮房间的门。人在房间里，蒲唯以为他还在睡觉，不料刚刚关上门就听到他哼哼了一声。

“老蒲你去给我弄些碘酒和纱布来。”程小玮哼哼着说。

凑近一看，蒲唯倒抽了一口气。程小玮全身赤裸着趴在床上，房间的窗帘是拉着的，光线昏暗，但蒲唯还是在一瞬间感觉自己像是看到了一个祭坛。程小玮浑身是伤，仿佛祭坛上剥光了的祭品，整个身躯好像也比平时膨胀了不少，就像是被水泡肿了一样。

跑到楼下向服务员要了纱布和碘酒，蒲唯重新回到了程小玮的身边。他开了灯，那些伤口愈发狰狞起来，有青有红，更多的是惨白的绽肉。

程小玮像一条被人用鞭子抽了一顿的伤痕累累的大鱼。他双手抱着脑袋哼哼个不停，但就是拒绝回答蒲唯的问题。问急了，他才讪讪地说一声："喝多了。"

这显然不仅仅是喝多了的事。蒲唯非常后悔昨晚自己早早睡了，把程小玮一个人丢在夜里。继续追问下去，程小玮不情不愿地回答道："掉进了一块荆棘地里。"

"掉进了一块荆棘地里？"蒲唯重复这句话，起初脑子里还在盘算旅馆的周围何来这样一块地方，但旋即他就被这句话神秘的意绪引向了恍惚。

他用纱布将程小玮捆成了一只粽子。

蒲唯自己在下午三点的阳光里走入了湖水。

立秋之后的水温截然不同，湖面上已经没有其他游客的影子了。他一步步从湖岸蹚进水中，感觉不是湖水，是寒冷，在将自己一寸一寸地淹没。渐渐地，他的身体适应了水温，下水前他喝了几大口白酒，此刻酒劲儿也开始在体内发挥出了效力。

蒲唯匀速向前游去，感觉自从妻子死后，自己从未像此刻这般目标明确过。

那道界限很快就触手可及，蒲唯游到后趴在浮标的绳索上反复调整了几次呼吸，然后翻身越了过去。

水温是另一种冰冷，那道界限真的隔离出了两块不同的时空。蒲唯却并未感觉到艰难，相反，他觉得自己的身体越发地自如起来了。

十几分钟后，他看到自己的身下飘过一道修长的蓝光，也许是紫色的，他还没来得及凝神，它就下潜到湖水的深处去了，仿佛天空中一道稍纵即逝的霓虹在水里反射了一下。可能是某种鱼类？但蒲唯想起旅馆的服务员对他说过，湖中只有小鲵，别无其他水生动物……就在此刻，他开始感到水中的暗流了，像一匹布柔韧而有力地卷裹着他。他不做抵抗，顺势向着水底沉了下去。

第一次，沉到一半的时候，他觉得已然用尽了肺部的氧气，这时那道卷裹着他的力量恰好翻转，他差不多是被弹出了水面。他的头钻出湖水，大口呼吸，同时看到自己伸在空中的胳膊有几道翻开的口子。那一定是被水里的什么东西剐破的，但他并无觉察，没感到一点儿痛。

再一次，他重新下潜。他的脚不断地下探着，自问是否能够踏到湖底，或者这湖是否真的有底。终于，他感到脚底下就是铺满淤泥和砾石的河床。他在水中翻转身体，伸手触摸。或许因为这一切都是在静默中发生着，他感到自己完全身在一个不真实的梦境里。每一次伸出手，水的阻力都让他仿佛是捕捉到了不具形体的珍贵之物；每一次伸出手，都像是一次与熟悉事物的邂逅。那是一种饱满的徒劳之感，又是一种丰饶的收获之感。

有一个瞬间，他的意识里浮现出这样一幅清晰的画面：某个遥远的地方，在大暑与立秋之间的日子里，一个女孩子正坐在窗前写信，窗帘被微风吹拂着舞动……

他甚至看到了那封信的内容，女孩子以娟秀的字体写道：亲爱的小玮，亲爱的老蒲……

后来，他的脚踩在了一层滑动的小块金属上，身体因此失去了重力。他猜那是祭湖者投下的硬币。他尝试着微微张了一下眼睛，惊讶地发现，原来水底并非漆黑一团，而是有着晦暗不明的光线。看来程小玮所言不虚，那真的是一块荆棘地——无数枝杈纵横在身边，上面挂满了不知何物的沉水品。但是他看不到一只邮包。幽暗中亦有灵光乍现，他几乎完全是靠着直觉和本能向着虚空打捞了一把。

重新浮出水面时，他已精疲力竭，臆想自己正在被不可避免地抬高到了世界的顶端，仿佛一碗盈满的水，就要流泻到世界的外面。

在湖面上没有意识地漂浮了一阵，他感到有力气可以转头游回去了。

即便已经立秋，西北的黄昏依然迟迟不肯退场。但是当蒲唯返回到安全的水域时，天色一下子发生了逆变。也许是他游了太久，当他翻过那道黄色浮标的一刻，湖面倏然一片辉煌的彤红。水天一色，宛如霞光在一瞬间跌入了湖水之中，也宛如他在一瞬间游到了天际。

脚下踩到湖岸时，出水的蒲唯发现自己泡皱的双手除了挂着水草，右手食指上还缠着根五彩绳，绳子上系着的，可不就是那枚“凉造新泉”。对此他一点都没有感到意外。好像他深入水底去，就是为了把什么丢失了的再找回来似的；好像只要他伸出手去，必定就会有什么重要的东西将重新被攥在手心一样。

他一步一步从水里蹚出来，浑身的划痕，唯一能做的就是忍住不发抖。他的腿在抽筋，肌肉一阵阵跳动着痉挛。不管昨晚程小玮经历了什么，他可不愿意被人拖上岸。他对自己说：好吧，我来过了，沉下去了，伸出手了，现在，我“必须”走出来了。

然后他就看到那个暴君般的旅馆老板挥舞着拳头气急败坏地向着他东倒西歪地跑来。

立秋后的第三天他们出山返城。他们也没法继续待下去了，挨个犯禁，已经让他们被视为制造麻烦的人，如果不是伤得不轻，被旅馆老板抓了现行的当天他们就被赶走了。

邮递员桑吉放下旅馆的邮件，和他们同船离开。

在船上，说起旅馆的暴君老板，桑吉说：“他呀，没人能认识他，因为他总是会不停地变成和你认识的那个人不一样的人，他老要拉住你告诉你他是谁，可他究竟是谁也一直在变。”

程小玮用裹着纱布的手挠着正在变秃的头顶，和蒲唯对视了一下，用眼神询问蒲唯是否听懂了这番话。蒲唯还给他了同样的眼神。程小玮问蒲唯进城去哪儿吃饭，蒲唯说先回家吧，心里想着的是那张明信片应该已经寄到家好几天了。那枚古币已经重新挂在程小玮的脖子上，他晒黑了的皮肤把白色的纱布衬得触目惊心，多日未刮的胡子看上去比头发还要密。

西风凄清，太阳正在落山，山岚中飘荡着煨桑的香味。湖面上有一层薄薄的雾气浮动，仿佛湖泊的灵魂正向着夕阳飞升。经过湖洞时，渡船开始动荡。

在发动机的怒吼声中，蒲唯对身边的邮递员桑吉说：“我在这儿看到过一道光。”

“扎西德勒！”小伙子热切地盯着蒲唯说：“老哥你看到了圣光！”

重新将目光投向湖面，蒲唯的心情又一次跃入了水中。水面扩散着亿万道细碎的波纹，像是释放着大自然亘古以来难以穷尽的隐秘的痛苦。尽管蒲唯知道那道光不会重现，但心里还是如同水面一般涟漪涌动。没错，蒲唯想，他真的可能有幸目睹过一道圣光，它如在水底，如在空中。有那么一会儿，蒲唯变成了他不自知的观察者，他看到这些天里，两个生活中的受挫者怀着羞于启齿的等待之情，在“写信的人如今就在写信的地方”那样一种宽泛而朴素的理解力下，试着靠近过那道光，从而和一些有希望的东西再次发生了联系。为此，他们前仆后继，不惜涉险——即便那莫须有的事物宛若捕风捉影，即便它如在水底，如在空中。

丁酉年冬月廿四

2017 年 12 月 11 日

于香榭丽

隐秘的情感形式

——弋舟中短篇小说简论

吴义勤

弋舟是一位有着鲜明个性特点和写作风格的作家。在一个发生着历史性巨变的时代，弋舟并不热衷于用大叙事的方式来正面呈现时代的变迁与错动，他所孜孜以求的是从生活的细部与人的内在精神入手，来呈现时代的嬗变与迁延，以及当代人的复杂处境。无论是以刘晓东为主体的系列小说，还是荣获鲁迅文学奖的《出警》等一系列生活感、写实性更强的作品，都体现着弋舟的这一风格。

在弋舟的写作主题中，对于人的精神处境尤其是情感复杂性的关注和展现构成了一个重要的维度，成为他在多年写作中反复勘探并讨论的重点。他力图通过对情感复杂性的呈现，来展现人性的幽深，以及现代人在情感层面的困境。《怀雨人》《所有的故事》《出警》《如在水底，如在空中》几篇作品聚焦于不同年龄段现代人的情感世界，写出了隐藏在平静生活表面下的内在危机与精神困境。

《怀雨人》是一篇从中年人视角展开的回望青春期情爱的叙事，但它不是简单的怀旧，而是将青春记忆视为与当下生活有着内在关联的时间镜像，探讨爱情与婚姻的复杂关系。“雨人”的爱情虽然以悲剧结尾，但整个故事却单纯而浪漫，充满了青春期爱情的美好和忧伤。与之相对，“我”的爱情则充满了现实功利性，虽然看似有着完满的结局，但平静的表象之下却潜藏着危机。作者虽然将大量的笔墨都放置在了“雨人”以及他令人印象深刻的爱情故事里，但对于时间之河此岸的“我”的情感状态的观照才是叙事的落脚点。“我”和朱莉平和的现实生活并不自足完整，而是与过去有着千丝万缕的联系。如作者对朱莉的描述：“这个如今只穿平底鞋的中学物理女教师，安静地活在由记忆延续而来的当下之中。就是说，朱莉成为今天的朱莉，是历史原因形成的。”在“雨人”失踪的二十年里，他其实始终与我们生活在一起，成为生活的某种支撑。在这里，过去与现在奇妙地成为一个混合体，悲剧的痕迹被生活的水面抹平，但一切并未真正消失，这是时间的魔法，也是人性的复杂之处。

《所有的故事》同样聚焦于中年人的情感世界，不同于《怀雨人》的是，男女主人公在表面的平衡被打破之后，以打破的方式进行新的重建，并达至新的平衡。事实上，在男女主人公看似平静平和的情感生活之下，一直潜伏着巨大的危机——他们的结合实际是一次手术失败所引发的心理危机的产物——这种危机导致了两人婚姻关系的外强中干以及相互间的不信任。当那只锦鲤意外死去，一切隐藏的危机便集中爆发了。林楠与乔戈的相遇看似偶然，其实是把一种想象关系置换为现实关系而已，即便没有现实中的相遇，他们也会在想象中无数次地与对方相遇、交锋。相反，正是在这种现实关系的碰撞之中，男主人公意外获得了一定程度的释放与救赎。与林楠和庞安的情感状态相反，乔戈的情感始终处于漂浮和流浪状态，但正是在这种不稳定性中，映照出乔戈对于青春期感情的某种执念，他的情感状态与林楠和庞安的状态形成对照，互为镜像。作品写出了缺乏坚实根基的婚姻之舟在行驶到中年河段时的易碎性，以及情感维度上过去与现在的深度关联。

《如在水底，如在空中》同样关注中年人的情感危机，但聚焦点不在两性关系，而是男性情感缺失的危机。蒲唯和程小玮都在中年时遭遇到情感危机，婚姻的受挫让他们不得不想办法“走出来”。他们选择了向着过去回游，试图借着十八年前的一次约定，重新感受生命和生活之美，进而摆脱眼前的困境。虽然这注定是一次无望的回游，但那一道水底的光，仍然给了他们希望和力量。

《出警》关注老年人的情感世界。但作为重要人物的老奎并不是一个普通的老年人，他的一生多数时间与罪恶交缠，不仅故意杀人、致人伤残，坐了十多年的牢，出狱后竟然把自己的亲生女儿卖掉了。这种突破人性底线的行为让老奎成为罪恶的代名词。但在这样一个罪恶的躯体上，在生命的晚年，人性的一面却复苏了。犯罪的耻感和生活的孤独感折磨着他，驱使他拖着老朽之躯，去了重庆云阳和上海青浦，他沿着二十年前卖掉女儿的路线往回走，试图以此战胜孤独并寻求心灵的救赎。 在这条道路上失败之后，他又选择了自首，以寻求内心的安宁。 在老奎这里，青年时期的罪恶与老年时期的救赎充满张力地重叠在一起，残忍与温情同在，暴力与忏悔交汇，显现了人性的幽暗与复杂。

上述作品，较为典型地体现了弋舟写作的一个重要主题向度，即对于人的隐秘情感的观察和呈现，揭示出看似平衡平和关系下隐藏着的内在危机和困境。 不论是中年男女的两性关系危机，还是老年人的亲情缺失危机，都是隐匿在平静生活表象之下的。 弋舟敏锐地捕捉到这些隐藏着的情感暗流，用耐心、细腻和准确的笔触为它们赋形，从而让这些不易察觉的精神内容显影。 作者为它们赋形的过程，也是为现代人和现代社会赋形的过程，因为这些看似个体化的故事和经验，其实深度关联着现代人和现代社会庞杂的精神文化形态。

图书在版编目(CIP)数据

怀雨人/弋舟著；吴义勤主编. --郑州：河南文艺出版社，2021.10

（百年中篇小说名家经典 / 何向阳总主编）

ISBN 978-7-5559-1185-2

Ⅰ.①怀… Ⅱ.①弋…②吴… Ⅲ.①中篇小说-小说集-中国-当代 Ⅳ.①I247.5

中国版本图书馆 CIP 数据核字(2021)第 188240 号

丛书策划 陈 杰 杨彦玲

本书策划 李建新 李亚楠 责任校对 赵红宙

责任编辑 李亚楠 责任印制 陈少强

丛书统筹 李亚楠 书籍设计 书籍/设计/工坊 刘运来工作室

怀雨人

HUAI YUREN

出版发行 河南文艺出版社

本社地址 郑州市郑东新区祥盛街 27 号 C 座 5 楼

承印单位 河南瑞之光印刷股份有限公司

经销单位 新华书店

开 本 787 毫米×1092 毫米 1/32

印 张 7

字 数 130 000

版 次 2021 年 10 月第 1 版

印 次 2021 年 10 月第 1 次印刷

定 价 35.00 元

印厂地址 河南省武陟县产业集聚区东区(詹店镇)泰安路

邮政编码 454950 电话 0371-63956290